是的，她要追他，如果他是高
塔之上的公主，那么她会是拿着圣
剑的骑士，劈开荆棘，爬上高塔。

单眼皮的[鱼]
단라촐 믈ᄄᄀ

U0116162

"那又如何？只要我喜欢她就可以了，而至于她接不接受，不在我的考虑范围内。"他扬了扬眉，薄薄的唇角勾起一丝笑意，只是眼眸里全然无笑。

单眼皮的[鱼]
단라흘믈뜨기

远处，欣长的身影站立在梧桐树下，微眯着眼眸盯着展露着笑颜的两人，心在微微收缩着，如同根针般隐隐扎着。

单眼皮的[鱼]

"彬，我喜欢你，即使你没有这
张脸，我想，我还是会喜欢的，
因为那人是你。"

单眼皮的[鱼]

单眼皮的 [鱼]

단라출 믈쓰기

小妮◎著

甘肃文化出版社

图书在版编目（CIP）数据

单眼皮的鱼／董素华（小妮）著. —兰州：甘肃文化
出版社，2005. 6

ISBN 7－80714－111－5

Ⅰ. 单...　　Ⅱ. 董...　　Ⅲ. 长篇小说—中国—当代

Ⅳ. I247. 5

中国版本图书馆 CIP 数据核字（2005）第 041764 号

责任编辑：原彦平
责任校对：冷　风

单 眼 皮 的 鱼

小　妮　著

出版发行：甘肃文化出版社	印　　制：广东昊盛彩印有限公司
社　　址：兰州市庆阳路 230 号	厂　　址：广州市天河区广汕路长湴工业区
邮政编码：730030	邮政编码：510230
电　　话：(0931) 8454246	经　　销：各地新华书店

规　　格：880×1230 毫米	印　　张：7
开　　本：32 开	版　　次：2005 年 6 月第 1 版
字　　数：100 千	印　　次：2005 年 6 月第 1 次

书　　号：ISBN 7－80714－111－5

定价：18. 00 元

第一章　命运的安排

无心的等待，

等待着一份莫名的期待，

然后在命运的决定中，

让我遇上了你。

　　肃静的课堂，最后的冲刺阶段，亦是对莘莘学子们的最后考验。台上，英语老师在黑板上奋力地写着考试重点，台下，"刷刷刷刷刷"的抄笔记声不绝于耳。

　　唯独一人悠闲有致，一手转着圆珠笔，一手撑着下颌，俏丽的短发配上一张英气的脸庞，灵活的双眼＊0＊定定地盯着邻桌的人，浑然没有去抄老师在黑板上所写的重点。

　　唉……帅啊！<@_@>若是鼻子再挺些就更帅了。女孩在心里做着评价，自动忽略在她炯炯有神的目光下身体已呈僵硬状态的男生。

"咳！"一声不自然的清咳在教室中响起，英语老师气竭地看着故态萌发的学生。每次上课，她十之八九都在看男生，花痴的程度足以进入吉尼斯记录。>0 <

没有理会老师刻意的咳嗽声，某人继续盯着邻桌的男生。唔……若是眼睛再大些，眉毛再浓些…… =^_^=

"咳！"第二声咳嗽紧接着响起，老教师死瞪着依旧毫无反应的学生。>0 <

真可惜，发质好像差了点，若是用滋润型的洗发水好好呵护那头头发，就更完美了…… ^_^

"咳！"声音更加响亮，拿着粉笔的手已经微微收紧。~_~

不知道他有没有兄弟，也许他的兄弟会弥补他的缺点。-·,-

"张佳乐！"愤怒的吼声伴随着粉笔划破空气的声音，老教师终于忍无可忍地把粉笔砸在了女孩的头上。

孺子不可教也（这虽然是中国圣人说的话，但是还是放在世界都皆准呀 ~_~），是因为实在没办法教，有她这样的学生，绝对是老师一生最大的败笔。>0 <

J学院，是一所全国有名的私立贵族学院，它的有名，倒不是说它的升学率有多高，而是指这所学校的学生。三教九流，什么样的人物都有，好学生、差学生，

个性古怪的、不古怪的，总之是应有尽有就是啦。据说这是因为J学院向来不是以成绩来判定是否录取该学生，而是用电脑来随机抽取学生名单。—_—#

天——没搞错吧？用这样的方式？！>0<

真的是千真万确啦，谁让这所学校是全国闻名的赫氏家族所办的学校呢，听说赫老爷子年轻的时候好像是受过什么打击，也就是以成绩来定输赢的打击，所以后来发达了，老爷子就立誓要自己开一个学校，这个学校对学生入学没有什么要求，只要你想上就来报名好了，既然赫老爷子爱玩这种游戏，那就只有让他老人家玩了，别人也只有拍拍屁股——没得管喽！自然地，从这所学校毕业出去的人，可以说是什么样的人物都有的，当政界要人的有之，当街边小混混的人有之，当商场战将的有之，当路边小贩的也有之，甚至当看到酒吧里的歌女舞女或是作奸犯科被逮到监狱里的人，没准一问，也是出自J学院。

所以了，学校的好与坏没人能评判得准，不过大家唯一知道的就是每年报考这所学校的人多得吓死人……—_—#

而现在的J学院，若说在学生群中势力最大的，莫过于是学生会了。由于学校管理方式的特殊性，J学院的学生会所拥有的权限，自然也不是别的学校的学生会可以比拟的。学校内的许多事物大多由学生会来做最后

的决策，当然一些很重要的事情就要学生会和老师共同来解决的。

而现在的学生会，所有的权力则主要掌握在 4 个人的手中。

学生会长赫今一，统领学生会的大小事物。有着绝佳的领导能力，虽然不是天主教徒，但是却很喜欢收集十字架饰物，脖子上总是垂挂着一条白金十字架项链。一双大而媚人的凤眼是其正字标记，对于看不顺眼的人绝对打击到底。所以，在 J 学院的保命守则第一条，就是千万不要让赫今一看不顺眼。^V^

学生会副会长叶承文，温文儒雅，对任何人都温柔以待，天使般的笑容使得全校上下一致认为他是学生会四巨头中最好说话的一个，只有真正了解他的人才会知道其笑脸之下是冷静的判断。他做事极有条理，出勤率是四人之中最高的，在老师们的印象中是各方面都兼顾的优等生。^V^

体育部部长狄宁泉，体育自然是一把罩，算是 J 学院中最能打的一个。在入学的第一天就把一头乌黑柔顺的头发染成五颜六色的孔雀头，然后顶着一张可爱的娃娃脸到处招摇撞骗。出勤率是四人之中最低的，进教室的次数少得可以用十个手指数出，能形容他的字眼只有两个字——懒散。^V^

学习部部长夏炎炽，IQ 一流，头脑好得可以让全校

的人都对他五体投地，不过遗憾的是他吼人的功夫更是能让全校的师生对他犹如神明般叩头，只希望他能少吼几句以免让他人的耳朵有耳聋之疾。喜欢喝咖啡，对于咖啡尤其是冲泡的技术特别讲究。若是有人在他喝咖啡的时候打扰了他，那么后果是非常严重的。^V^

他们四个人的共通点就是家里都很有钱，这种有钱的程度一般是比有钱还要有钱程度的。也因此，J 学院里基本上有 90% 的女生拜倒在学生会 4 人的校裤之下，四人所经之处，都会迎来大片的爱慕眼神。

细长向上斜挑的双眸，短至耳际的头发带点散乱，挺翘的鼻梁配上性感的薄唇，外加上 172 的身高，如果身为男人的话，绝对可以称之为美男子了，但若生为女人的话，那么就只能用悲哀来形容了。—_—#

"张学妹，请……请收下。"一个白色的信封散发着阵阵清香，平摊在了张佳乐的面前 =^_^= 。

桃花缤纷，落茵遍地，唯美的景致加上阵阵清风，让人醉心。

0_0第 137 封了！张佳乐呆望着被硬塞到手心中的信封，"那个，学长，学长……。"她指了指自己，基本上，这些男生喜欢开始很喜欢她，但是后来都会和她做好朋友的，原因嘛，她是不知道的啦，但是被 137 个人追求然后被甩的话，是谁都不能忍受的吧。—_—#

　　"我知道。"男生面色一红，点头道。=^_^=

　　知道?! 知道是她还送她情书啊? 难道是想陷害她吗? —_—#

　　"你可能也听过我的一些事情，我想知道你是不是想和我长久下去呢——"某些事情还是早点说明的好，省得以后弄成不可收拾的局面。只是不知道老爸老妈若知道她们的女儿曾经有过这么辉煌的恋爱史，会做何感想。—_—#

　　"没关系。"男生摆摆手，"我只是想让你知道我的心意罢了。"毕竟她长的很难不引起人的遐想，"那——再见。"男生随即转身向着远处跑开。^_

　　这——算什么啊。—_—#瞪着远去的背影，张佳乐甩了甩手中的信，转头看向站在身后，嘴角噙着笑意的死党，"妮妮，你说我该怎么反应这件事情呢?"高中入学还不到一年，收到的情书已经达到了137封，虽说她不是个个都回了信，可是，试问一个女生，一下子收到了这么多的情书的话，会不开心吗，当然啦，她是很开心啦，也有和一两个联系过，但是最后这些都成了她的好朋友，这还不算，自此以后她就花名远扬的，这让她实在不得不怀疑自己的男性荷尔蒙是不是过于旺盛，没有女性的温柔呢。—_—#

　　"还怎么回答呀，你没有看见人已经跑远了吗。"卫月妮老实不客气地说，"不过话说过来，你的个子又高，

肩膀又宽，身材平板，除了你穿了裙子之外，我实在看不出你哪点像女生，也难怪那些男生知道你的真面目后不和你在一起，原来是有原因的。"比起小乐的身高，只有 160 的她算得上是很娇小了。:P

"你……"这是该对死党说的话吗？—_—#

她——张佳乐，自小到大，不知道有多少人围在她身边羡慕她，像她这样天生的模特身材是多少女生想求都求不来的呀 =^_^= ，而男生，不是把她当成情敌，就是把她当成哥们，压根忘记她是女人这回事 >0< 。"你就不会说点安慰我的话吗？"~_~

"好吧，尽量。"卫月妮耸了耸肩，从背包里掏出了笔记本交给对方，"喏，这是今天的课堂笔记。"这已成了每天的例行公事。

"谢了。"张佳乐接过笔记本道。^_^

"麻烦你下次上课用心点听啊。"—_—b每次笔记都是抄她的。小乐的体育万能，文化课的成绩却绝对是个问题，"你多少把你的那个习惯该一改啊。"谁可以想得到，全校十大风云人物中绝对占有席位的张佳乐，最致命的缺点居然是对帅哥毫无免疫力可言。—_—#爱看帅哥不是坏事，每个女孩都会有。但是任何事一旦过了头则铁定不是好事了。

^_^上课看，考试看，放学回家的路上也看。而且不光看，还会外加评论。在办公室外等着被老师讯完话的

好友这种事她已经做了 N 遍，会和小乐成为死党是她至今都想不通的问题。—_—#

"我也想啊。"把手中的笔记本连同刚收到的情书塞进书包，张佳乐颇无奈道。?_?

对帅哥毫无免疫力是她最大的缺点，自小养成的习惯不是说改就能改的。想当初小学的时候死拖着老妈去超市帮她买巧克力送给全班最漂亮的小男生，然后在被对方批评成垃圾食品后，一怒之下狠打了对方的一顿，以至于至今仍在后悔当初不该打对方的脸。

小学毕业模拟考的作文《我的志愿》，她写的是长大要嫁给帅哥，当场被老师点评为胸无大志，归列为最没前途的学生之一 ?_?。

而上了初中，本认为应该好好学习，但无奈天不从人愿。因为个子高，座位被排在了最后几排，好死不死地在她的前后左右坐的全是男生，其中更是不乏有帅哥人士。于是乎，每天上课成了欣赏美男的时刻，被叫进办公室成了家常便饭的事。—_—#

拼死拼活外加靠运气考上了 J 学院的高中部，一入学即凭着中性化的外貌和十项全能的运动神经成了学校的风云人物，其风采绝对可以和学生会的那几个人物相媲美。若是没有爱看帅哥的习惯，相信可以达到完美境界。

"不过现在好看的男生真的是越来越少了。"她不无

感叹道。从小到大一路看来，眼光已经被培养得越来越高。$_$

晕死，这是什么理论啊。—_—#卫月妮拍了拍额头，"你知不知道你看帅哥时的表情实在很花痴啊。"两人初中时也曾经同班，她自然知道她花痴的程度。

花痴?!"妮妮，你和我差不多好不好呀。"她不介意翻出旧账。反正这年头流行中性美，看现在娱乐圈红的哪个不是很中性的男生呀，所以说总得来说她哈帅哥还算是理智的了，最起码绝对和花痴两个字扯不上关系。=_=^

"……"卫月妮翻了翻白眼，那是她做的最后悔的一件事，想当年初一时，才被不良少年包围，便被小乐来了个英雄救美。流畅的动作，帅气的表情，三分钟内把人尽数解决，卫月妮从小就对那种会武的人没有抗拒力，所以当知道这个热心帅气的人竟是个女生后，更是将她视为偶像，后来两个人成为了朋友。*0*直到发现了她那绝对败笔的坏习惯后，才正式宣告自己的偶像情节破灭。—_—b

"现在说的是你该改一改你习惯的问题吧。"而不是在这里讨论她的事，卫月妮提醒道。

"也对。"张佳乐帅气地拨了拨头发点头道，刚才好像是偏题了点，"大不了找一个最帅的，天天就看着那人好了。"她云淡风轻地说道，不知道今天晚上老妈会

不会烧她最爱吃的炸鸡。(ˇ0^)

卫月妮看着死党做出的拨发动作 < @_@ >，她不身为男人实在是可惜，"这就是你想出的办法？"

"大概——算是。"^V^

只不过，真的能找地出这样的人吗？

只有天知道了！

豪华的别墅，用富丽堂皇来形容也不为过。在城市的黄金地段，能有这样的一间豪宅，绝对可以显示出其主人的"财"力。

"彬儿，在学校的生活还算顺利吗？"司马横岭望着自己唯一的儿子问道。儿子会进入 J 学院实在可以说是出乎他的意料，亦没有让他上本已在美国选定的知名高中。

"还好。"合上了手中的德国原文书，司马彬淡淡道。隽秀的长眉，深邃的眼眸，虽是单眼皮，却十分有魅力，希腊式的挺直鼻梁，就男人而言，他的五官精致得过分。

"那……"司马横岭顿了顿，"你今年已经高三了吧，等高三毕业后就到公司来帮我忙吧。"司马家的产业虽然名为司马，但实际上却是司马家和沈家所共同拥有。原因很简单，在二十年前，他娶了沈氏当家的独生女沈心，亦把原来的沈氏合并到了司马集团的产

业中，使得当时已经实力很雄厚的司马集团更加壮大了。

然而，名义上他虽然为董事长，但实际上原来沈氏的那部分产业的领导权却是在老婆手中，即使沈心想把领导权交给他，沈老爷子也不同意，唯一的方法是由他和沈心的儿子来继承整个司马集团和沈氏。

不过对于儿子的能力他绝对有信心，自从他在彬十二岁的时候听从他的建议买了几只股票赚了不少的钱后，他就知道儿子绝对是个商业奇才。

"帮忙?"低着头，司马彬看着右手拇指上的白玉指环。一个指环，自他八岁那年就套在了他的手指上。即使他还什么都不懂，就已有着一份责任压在了他的肩上。

"是啊，彬儿，你大了，也该去公司帮帮你父亲的忙，高中毕业后可以一边读大学一边在公司里做。"一旁的沈心插口道。父亲的心愿是让彬儿继承沈氏和司马集团，况且虽然儿子才高三，但大学的课程早已自修完成。

一丝轻笑缓缓溢出唇边，"如果我不想呢?"司马彬淡淡地吐出答案。对于商业，不可否认，他有着惊人的天赋，特别是对于各种的股票，他的直觉更是惊人的准确。但是有天赋不代表有兴趣，或者该说他至今不知道自己的兴趣该是什么。没有钟爱的东西，亦没有所在乎的。

不想？"我是你父亲。"面对着儿子，司马横岭不得不抬出父亲的身份。若是有儿子的帮忙，公司绝对可以在短时间更上一层楼。对于事业，他是一个贪心的男人。

"那又如何？"父亲，一个给予他肉体的男人，仅仅只是一个代名词。

"你——"

"别气，你又不是不知道儿子这性格。来，喝口茶顺顺气。"沈心端着一杯清茶递给丈夫，随即转头看着儿子，"彬儿，你父亲的公司迟早都是要你来接手，提前熟悉一下公司的运营对你以后也有帮助啊。"儿子太过早熟，虽然才 18 岁，但脸上却已甚少显露出心情，让人着实不知道他在想什么。她是他的母亲，但是却始终有种不了解他的感觉。

接手……是啊，仿佛是注定般的，公司该由他来接手，但是——"我并不喜欢让别人来安排自己的人生。"他的人生道路一直以来都是由父母所安排的，而进入 J 学院大概是他所做的最出乎他们意料的事，毕竟这并非是他们当初所为他安排的学校。

"什么话？！你到底还把不把我当你父亲？！"哪有父亲让儿子进公司还像求人似的？

"你说呢？父亲大人。"清雅的嗓音，带着一丝嘲弄

的意味。

"你——"司马横岭手一抖，拿在手上的茶杯摔落在大理石制的地板上，碎成片片。

"这……"沈心忙拍着老公的背脊，"我叫佣人来打扫。"

"不必了。"一直坐在沙发上的司马彬望着一地的碎片淡淡道。高大的身子自沙发上站起，缓步走到碎片前屈膝蹲下，修长的手指拣起满地的碎片，丝毫不在意碎片划过手指留下斑斑血渍。

"彬儿，"沈心心疼地望着儿子流血的手指，快速跑上前，把他手中的茶杯碎片放入纸篓里，"不要拣了，妈给你包扎一下手指。"

"呵。"司马彬抽回手，舔了舔指上的血迹。鲜红的血，带着一点点的咸味。流血，该是什么样的感觉呢？"用不着包扎，你该知道，我对痛根本没有任何的感觉。"

生来没有痛觉神经的人，甚至连疼痛都是一种奢望。因为疼痛，有人哭泣，有人流泪，也许，有天会有人来告诉他何谓疼痛吧。至少，他希望……

J学院的学生会，是学校学生的心声传达之所，由于学校管理方式的特殊性，因此学生会所拥有的权限，自然也不是别的学校的学生会可以比拟的。学校内的许多事物大多由学生会组织来听取学生的意见，最后和老师们共同来做最后的决策。当然，学生会的真正强弱还在于执掌学生会的那帮人实力的强弱。毕竟若是执掌的人太过弱势，纵使有再大的权力也不会有太多人听从。

而现在的学生会，所有的权力掌握在四个人的手中。

学生会长赫今一，统领学生会的大小事物。为人阴晴不定，对于看不顺眼的人绝对打击到底。

学生会副会长叶承文，温文儒雅，说含蓄点是笑面虎，说直接点就是笑里藏刀。做事极有条理，任何事都按照规划的来做。

体育部部长狄宁泉，体育自然是一把罩，顶着一张可爱的娃娃脸到处招摇撞骗，能形容他的字眼只有两个字——懒散。

至于司马彬，可以说是学生会最奇怪的一个存在，没有任何的职务，却也是不可缺少的人物，很多事往往都是由他来下最后决定。

"彬，等一下你有课，不准备一下吗？"学生会里，叶承文含笑地看着司马彬道。(^_^)

"没必要。"晃动着手中刚泡好的黑咖啡，他轻啜了一口道。虽然香醇，却带着苦涩。

"是吗？"叶承文耸耸肩，从座位上站起身子。在J

学院，只要你智能胜老师或者是武能克老师，那么，学校三年是任你遨游，随便你想怎么去度过，三年后，毕业文凭是照发不误。"既然你不打算去上课，那这次宁泉办的文化祭你不觉得你多少该帮点忙吗？"瞥了一眼瘫倒在沙发上看着各个班级传上来的节目报表的狄宁泉，他"好意"地提议道，毕竟太空闲了总不是一件好事，容易让人眼红。T_T

"你以为这是谁害的？"没等司马彬回答，狄宁泉已经放下手中的节目报表接口道。一场文化祭，忙得他已经一个星期没睡好觉了。本该轻松度日的他，现在算是和往日的悠闲说拜拜了。~_~

"愿赌服输，天经地义的道理。"叶承文摊摊手，一副气定神闲的样子。(^_^)

"只是运气不好而已。"狄宁泉撇撇嘴。学生会所有的争议的事，向来是以猜拳为最后的决定。而他只是比较倒霉而已，竟然会接下文化祭这个烫手的山芋。>0<

"哦？我倒觉得这是实力的问题。"毕竟猜拳也是一个值得研究的课题。

话显然是刺激到了某人，刚才还瘫倒在沙发上的身子转眼间已站起，"姓叶的，看来你很闲啊。"狄宁泉甩着头活动着手腕关节。和他现在的忙碌相比，承文显然是空闲得要命。>0<

　　"是有点。"叶承文不加否定地点头道。反正好久都没动手过了，活动一下身子也未尝不是一件好事。(＾_＾)

　　"很好。"看来这回他们倒是志同道合。

　　于是，自然的学生会办公室成了战场，两道人影弹跳起跃……

　　看来是一场免费的戏了 —O—。晃动着杯中剩余的咖啡，司马彬找了个舒适的位子坐下。打斗的场面在学生会里并不算少见，每隔三五天来一场全武行是家常便饭的事。不过能在这个学校里找到这样的知交，却也出乎他原先的意料。或许真如人们平时所说的，人生不能预测的事情太多……

　　毕竟自小因为身体的特殊，他已习惯与人之间保持距离。或许是怕受伤害吧，怕当对方知道他的体质之后所露出的那种异样的表情。也因此，当宁泉，今一，以及承文在知道后仅说了一句"是这样啊"，他便明白，他们会是他的知交。

　　十分钟后——

　　两道人影终于有停下来的趋势。狄宁泉率先收住了拳头，"看来你还没有退步。"打了一会，有流汗的感觉，看来等会该去冲个凉。(＾_＾)

　　"你不也一样。"叶承文同样停住了身子。这样的运动偶尔来来还可以，多了他可就吃不消了。毕竟他自认精力没有宁泉来得充沛。

"完了?"举起手中的杯子对着刚打完的两人,司马彬扬了扬眉问道。

"大致上。"狄宁泉拨了拨一头被染地五颜六色的孔雀头,也只有彬,才会在别人打斗时宛如看戏般地欣赏。

"既然完了,那么——"司马彬仰起头把杯中剩余的咖啡一饮而尽,"我想要休息。"

逐客令就此下达。

文化祭内容:

摆摊位卖糕点水果,文化祭三天全班分成3组轮流负责……

高一年5班

甩了甩手中的单子,张佳乐无聊地打了个哈欠。—0—本要去社团活动的她,还没进体育馆,便在老远处看见大片女生堵在了体育馆的门口,其中更不乏有给她写情书的那几个。于是乎,二话不说,抢下距离她不到10米的宣传委员手中的单子,自告奋勇地说帮忙送去学生会。比起被女生围攻,她宁愿跑腿去学生会。—_—b

一路走到学生会的办公室,无意外地看到门牌上赫赫醒目的"学生会"三个醒目的大字。"咚!"她抬起手

轻轻地敲了一下门。虽然早就知道这个地方，但真正来却还是第一次。(ˇ0ˇ)

没有反应，亦没有听到有人来开门的脚步声。?_?

"咚！"第二次敲门声响起，"有人没？"她喊道，然后在等待了 5 秒的沉默后，耸耸肩转动着门把推门而入。既然没有反应那么就只好自己进入了。好在门没锁，否则的话恐怕就只有下次再来了。^_^V

"有人在吗？"礼貌性的叫声轻轻扬起，张佳乐缓步走进了房内。看来是没人在了，否则至少也会回她一声。抬起头，她开始打量起了周围：宽敞的空间，几张办公桌整齐地排列着，右侧的墙边有着一人高的书柜，摆满了各国的原文书，经济类、政治类，也有一些小说及诗集。书架旁的墙壁上，则挂着几幅当代画家的名作，虽然她辨别不出真假，不过依学生会的"实"力而言，真的可能性很大。+_+

看来学生会果然如传言般的气派，难怪每个学期都会有那么多的人前赴后继，想要挤进学生会的门槛。不过再怎么气派也不关她的事，还是赶快把事情办好，然后再回体育馆看看堵在门口的那帮女生还在不在。—_—#

收回了目光，她把手中的单子随意地放在了一张桌子上，才准备走人，却因为身旁的沙发上躺着一个人而停住了脚步。*0*

　　一个人，一个男人，张佳乐直直地盯着沙发上的人（ˆ0ˆ），有着精致的五官和婴儿般无害的睡颜。微卷的额发和那轮廓分明的脸庞。长长的睫毛覆盖住让人充满幻想的眼眸，挺直的鼻梁下是性感的双唇。=ˆ_ˆ=总的来说，他是那种拥有着女性阴柔之美却又带着一丝刚扬之气的男人。*0*

　　即使只是蜷着身子躺在沙发上，却让人有股错觉，仿佛对方是躺在 18 世纪欧洲宫廷的绒床上，典雅高贵得让人想要呵护。<@_@>

　　好美！她忍不住地在心里赞叹道 T_Tˆ，一种有味道的帅气。怎么办？视线似乎难以从他的脸上移开。他是真的吗？是真的存在的吗？拥有着这样精致而不属于男人该有的五官……缓缓地，她的手移到了他的头上，她摒住呼吸地抚着他的发，然后贴在了他脸颊上。细腻的皮肤，传来的是温热的触感。T_Tˆ

　　是人，他是真的存在的，而且还有着一双美得惊人的眼眸，古典似的单凤眼，单而大，黑白分明的眼珠，如同黑珍珠般沉得让人琢磨不透。<@_@>

　　等等，眼睛？！手的动作定格停住，她忍不住地倒抽一口气，讷讷地看着已然翻身坐起的他。=ˆ_ˆ=

　　老天，他居然醒了！此刻的他少了一份熟睡时婴儿般的无害，多了一种让人震心的唯美。刚才摸他是情不自禁，不知道她这样的动作，算不算是人身非礼？

= ^_^ =

"为什么碰我？"司马彬冷眼盯着面前的女人。难得的熟睡，却因她的举动而清醒过来。看她的校服，该是高中部的一年级生 T^T。

连声音都悦耳动人，果然没有辜负他的那张脸。^V^她沉迷地盯着他的脸猛看，压根没有听进对方的问话。*0*完美的五官轮廓，让人想要挑出缺点都很难。还有那头柔顺服帖的黑发，真的很想让有去抚摩的冲动。+_+

"回答。"他轻弹着手指，对于等待，他并不擅长。

"什么？"她眨了眨眼愣愣道。+_+

"为什么要碰我？"他抿了抿唇，把问题重复了一遍。>_<

她奇怪地瞥着他，总算听进了他的话，"你讨厌别人碰你？"= ^_^ =

"讨厌与否并不关你的事，我只是在问你为什么碰我。"毕竟他没有习惯让人碰触。.\/.

"因为你好看啊。"她理所当然地答道。很久没有看到如此赏心悦目的脸了，真的该拿个相机来，对着他猛拍上一打的胶卷才过瘾。< @_@ >

"好看？"她的回答显然让他愣了愣，"你在乎这张脸？"他微眯着眼眸问道。许多女人都在乎他的这张脸，看来她也只是这些女人中的一个罢了。

单眼皮的[鱼]

"嗯。"她老实不客气地点头道，真的是越看越有味道，"我买你好好不好？"话就这样脱口而出。—_—#他是第一个让她有种想把对方收藏起来的欲望。到现在她总算明白为什么有那么多的收藏家就算花费数年、数十年的时间，倾家荡产也要去收集东西的行为了。因为实在是太美好了，所以才会拼命地想要拥有，然后放在自己的身边，时时地看，刻刻地看。< @ _@ >

"买？"他微一怔。她的话着实出乎他的意料。头一次有人在他的面前用上了这个词，"你要买我？"他嗤笑地看着她。0_0

"不可以吗？"他的笑，即使是嗤笑她也想要收集。$ _ $

"我很贵的，没有什么人可以买得起。"也许她和其他的女人有些不一样吧，至少除了她之外，没有女人敢对他用"买"这个字。

也对！她搔了搔一头短发，想来买人确实夸张了点，"那以后我来保护你好了。"想他这样的花容月貌，受到别人纠缠的情况一定不会少。莫名的，她就是不想把视线移开他的脸。或许自己那爱看帅哥的致命缺点又更上一层楼了吧。—_—b

敛了敛眼眸，他双手环胸地盯着她，"保护我？"她的话，每每总是会无厘头得出乎他的意料。保护？一个女孩当着他的面说要保护他。虽然她的样子确实不太像

21

一般的女生，而且从她的呼吸来看，多少应该会点功夫。

但是保护……

"是啊，放心，有我保护你，你在 J 一定安全。"她拍着胸脯保证道，然后想像哥们似的拍他的肩膀，却被他闪身一避。⊙.⊙

"我不需要任何人的保护，包括你。"他的话宣布着最后的答案。

保护他的，该是他自己……

第二章　值得拥有

我遇到了你，

同样你也遇到了我，

或许是一刹那的决定，

我想让你为我所有。

好帅，不知道这样的人还能不能继续碰到，有着精致的五官和深沉的忧郁，如海般看起来蔚蓝却让人难以猜测。＊0＊

他——应该是学生会的吧。半闭着眼眸，＊0＊张佳乐依然在回忆昨天碰到的人。和风曛曛，暖洋照人，让人有股昏昏欲睡的冲动。e_e

"小乐，你昨天怎么没去体育馆啊？"拍了拍几乎已经趴倒在课桌上的死党，卫月妮凑过身子问道。她和小乐同为篮球社的一员，只不过小乐是女蓝的主力球员，而她则是经理人，专门负责后勤工作。

"没什么啊，义务帮忙送文化祭的节目报表去学生会。"张佳乐懒洋洋地打了个哈欠道。这样的气候，真的是很容易让人睡着。e_e

"对了，妮妮，你知道学生会的人吗?"像想起什么似的，她单手撑着脑袋问道。

"学生会?"卫月妮奇怪道，"你问这个做什么?"虽然学生会在J学院的影响力波及遍地，许多女生更是因为里面的那些俊美得让人流口水的主事者而考入J学院。但是向来不会问及学生会的小乐居然会突然问起学生会里的人，实在不得不让人觉得讶异。0_0

"没什么啊，只是随便问问。"T_T^

"随便?"卫月妮狐疑地盯着张佳乐，"你要问的是赫今一、叶承文还是狄宁泉?"学生会里的帅哥数来数去就那么几个，而能让好友感兴趣的除了帅哥她实在想不出还有什么。?_?

"不是狄宁泉啦。"张佳乐摆摆手。在学生会中，她唯一认识的恐怕就只有狄宁泉了。毕竟对于体育一把罩的她，若不认识体育部的部长，那才奇怪哩。只不过同类相斥的原理永远可以印证在各个时代，各个环境。凡举体育类的，只要两人一碰面，免不了来一场争论。若非两人性别不一样，只怕会争得头破血流。

也因此，虽然狄宁泉长着一张可爱到极点的娃娃

脸，虽然她有着对帅哥毫无免疫力的习惯，但每次两人见面，总免不了地吵上几句，外加踹上对方几脚。= _ =^

不是狄宁泉啊，"那就是叶承文或者赫今一了。"卫月妮筛选道。?_?

"不知道。"张佳乐颇遗憾道，早知道那天离开学生会办公室的时候应该先问问对方到底叫什么名字才是。现在的她，除了知道那个帅得一塌糊涂的男人曾待在过学生会之外，别的便一无所知了。"反正他挺高的，大概和狄宁泉差不多高吧，带点古铜色的肤色，很精致的五官，却不会让人觉得脂粉味太重，对了，他的眼睛最特别，虽然是单皮眼，但却很大，有点像古书上形容的那种凤眼。"比起她的这双眼要好看多了。*0*

怎么那么像是在形容……"你说的该不会是司马彬吧。"卫月妮皱皱眉头道。

"他叫司马彬？"这就是他的名字？少见的复姓，以及"彬"这个名，没有如名字般的文质彬彬，他给她的感觉是深沉的淡然。T_T^

"大概。"卫月妮点头道，根据小乐的描述，她能想到的只有司马彬，毕竟在全校能有这那样一双凤眼的男生并不多见。—_—b

司马彬，也算是学校的传奇人物之一了，能够自

如地处在学生会里却没有担任任何的职务，一个学期的出勤率绝对不超过10％，但考试成绩却依然位于年级的前5名，风吹雨打雷不动。老师眼中的精英学生，同学眼中可望而不可及的人。仿佛处于两个世界般的，夹持着司马集团的雄厚背景进入学校。谁叫学校录取学生的方式是以电脑随机抽取，因此学生和学生之间的家庭背景即使落差再大也不足为奇。"如果你看上的是司马彬的话，我劝你还是尽早放弃的好，他不是一个可以让女人掌握的男人。"她好心地提醒道。—_—b 最起码在J学院待了一年，听说过不少女人爱恋他，却始终也没有一个能够冠上他女朋友的名词。

"哦。"回应的声音显然是敷衍的。(^_^)

"我是说真的。"死党的敷衍让她不得不放大音量，>_< "要看帅哥可以，但麻烦找别人。"司马彬是一个很容易让女人爱上的男人，若非她的定力稍常人好一些，只怕现在也早拜倒在司马彬的校裤下了。

"可是他真的是很好看啊。"张佳乐眨眨眼道。好看却不会看腻，属于越看越有味道的那种。T_T^

"那又如何，看看可以，但是千万不要心动到爱上他，甚至去追他。"

"追……"也就是成为他的女朋友了……"耶，我怎么就没想到呢，如果真的去追他的话，应该就可以常常见到他了。"张佳乐径自点头认同道。也许追上他之

后就可以时时刻刻看着他这张脸了，而至于爱，她不知道，只知道，她是真的很喜欢他的那张脸。^0^

不是吧！卫月妮头大地看着完全沉浸在自己想法中的好友，"小乐，我只是随便说说而已。"—_—b

"知道，知道。"某人毫不在意地摆摆手，依旧沉浸在自我的想法中。

追他，也许真的是个不错的主意。=^_^=

追男生，到底应该怎么追，抱歉，她实在是没有经验。向来只有男生追她，而她还从来没有追过任何人。写情书吗？在看了别的人给她的那137封情书后，她自认文笔实在是达到不了那个境界，如果要她写出那些肉麻地海誓山盟，绵绵情话。—_—b估计信还没到司马彬手中，她就得先去拣那掉得满地的鸡皮疙瘩了。而至于送巧克力表明心意，自从小学的时候自己送出的第一块巧克力被批评成垃圾后，她就发誓不再干这码子蠢事了。>_<

清脆的球声、跑动声，节拍声、叫喊声都一一响起在体育馆。有小组队的对抗赛，亦有个人的单练，张佳乐即是属于单练中的一个。

左右手交替地拍着篮球，她闲闲无事地站在运动场的边上想着心事。

"妮妮，追人到底应该怎么追啊？"不耻下问为中国自古的优良美德。必要的时候不得不发挥一下。

"追人？追谁啊？"?_?卫月妮捧着一大包的衣服问道，身为篮球社唯一仅存的经理人，责任就是清洗社员运动后脱下的衣服以及打扫储物室。

"司马彬。"双手交替地拍着篮球，张佳乐吐出答案。-.,-

"啊?!"0_0手中捧着大堆准备待洗的衣物尽数掉地，卫月妮张大嘴巴地瞪着死党，基本上她早就忘了这回事。"你该不会是真的打算去追司马彬吧?"虽然小乐是长得还不错，中性化亦男亦女，但她实在不认为司马彬会喜欢上好友。—_—b

"没错。"把手中的篮球准确地投进蓝框，张佳乐点头道。=^_^=既然想要对方属于自己，那么最好的办法莫过于建立男女朋友的关系，在对方的身上贴上属于自己的标签。只不过——看着满地的衣物以及好友下巴掉地的表情，她不由得搔了搔头，她追司马彬有那么让人难以相信吗?"对了，你说我直接到他面前说明我要追他怎么样?"她说着自己的方略。(^_^)

"这……恐怕……"早知道就别说什么追司马彬之类的话了，现在的小乐看来显然是打算付诸行动了。—_—b

"不错吧。"张佳乐自言自语道，得意于自己刚想到的方法，既简单又可以让对方明白自己的意图。(^_^)

"但……"

"好，就这么办。"仍然是自言自语，压根没有好友口中的犹豫，张佳乐把手中的篮球扔给卫月妮，"帮我把篮球放回球筐里，我现在要去一下学生会。"^^V

"小……"基本上，她从头到尾好像都没说上什么吧。看着早已跑远的身影，卫月妮的"乐"字即隐没在了口中。看来司马彬的魅力，实在非同一般。现在只求小乐去学生会千万别找到司马彬，然后，过几天，她也许可以打消小乐的这个念头。

心动不如马上心动，既然是要说，那不如现在就去找对方说，只不过，现在已经是放学后的社团活动时间，不知道司马彬还在不在学生会。`0^

一路冲到了学生会办公室，张佳乐猛然刹住了脚步，虽说是她自己想要表白，但好歹她也还是个女生，多少需要点勇气来做支撑。深深地吸了口气，她望了一眼紧闭的门扉。:P

去说吧，成败与否只是次要，重要的是她做过了。想想若干年后，她可以笑着说她曾经喜欢过这样一个漂亮的男人。=^_^=

"司马彬!"豪气万丈地推开门，却看见了一个意料之外的人。"怎么是你?"张佳乐看着狄宁泉道。没有预想中的那张容颜，只有死敌的出现。0_0

　　"怎么不会是我。"顶着一张可爱的娃娃脸，狄宁泉亦奇怪地看着张佳乐，"这里是学生会的办公室，刚才那句话该我问你才对，你到学生会来干什么。"他和她不可谓不熟，毕竟平常见得多了，在女孩子里她是让他印象深刻的一个。^_^

　　也对，他是体育部长，出现在学生会的办公室里想来也是情理之中的事，"我来是……" $_$

　　"对了，这是你们班上次交上来的文化祭的节目项目。"还没等张佳乐说明来意，狄宁泉已经打断了对方的话，"内容不是我说，实在是有够——烂的。"晃了晃手中刚在整理的文化祭传单，他对着她道。摆摊子卖糕点，早八百年前的点子了。—_—#

　　烂?! 这是哪国话，张佳乐没好气地看着狄宁泉，虽然不是她提议，但好歹也是她们班出的，"摆小摊卖点心有什么不好？" >_<

　　"哦？难道你觉得很好吗？"在他看来实在是陈旧得有够彻底的。—_—#

　　"哪里都好，既培养动手能力，又可以吃饱，还能……"

　　"才怪。"懒懒的两个打断某人的滔滔不绝。—_—#

　　"你——"一个箭步跨上前，她一手撑着桌子，一手扯着他的领口，她就知道，每次和他见面就只有吵架的份。唉，真是可惜了他的这张少有的娃娃脸。 >_<

"嗯?"微一扬眉,他无所谓地任对方抓着自己的领口。

等等,她和他讨论这事干吗?她是来找人的!—_—b"司马彬在哪里?回去了吗?"她环看着整个房间后问道。除了他们两个人的身影外,就再无看到其他人影了。?_?

"彬?"狄宁泉显然愣了愣,一下子反应不过来,"你找司马彬?"虽然他也奇怪与眼前的人突然来访学生会,但她要找彬实在是出乎他的意料。

"不然你以为我来这里干吗。"她又不是吃饱了没事干,闲闲无聊地来这里进行参观。T^T

"那你找彬做什么?"年级不同,亦不是直属的学长学妹,两个人应该毫无交集才对。?_?

"当然是为了……"

"喀。"一声开门声,同时让张佳乐剩余的话消失在了口中。

欣长的身子站在门口,大而深邃的凤眼平静地看着眼前的一切。

是她!司马彬微微一怔。上次在学生会办公室里碰到的奇怪女生,依旧是一头男生头,眉下的那双眼眸灿烂地让人觉得有些刺目。很少会有女人让他记住,或许她是第一个开口说要买他以及保护他的女人吧。—_—b

一阵沉默在三人之间蔓延。司马彬站在门口,而张佳乐则整个人贴在狄宁泉身上，一只手还拽着对方的领口。

"你要找的人来了。"良久，狄宁泉清了清喉咙率先打破了沉默。毕竟再这么沉默下去难保他不会站成化石，况且，长时间被人抓着领口也不是一件舒服的事。

对哦！他的话提醒了她，赶紧松开拽着对方领口的手，张佳乐对着司马彬摆出了一个微笑（^_^)，"嗨。"见面的招呼应该是这样打的吧。比起上次看到的他，今天的他似乎更让人心动。微卷的黑发整齐服帖地梳在脑后，米色的线衫背心及长裤，配上白色的衬衫，带着浓浓的书卷气。= _ =^

"又见面了啊。"她的微笑更甚。（^0^)

黑玉般的眼眸对上了灿烂的笑颜，欣长的身子往后退开了一步……

"砰！"回应她的是一记关门声。

这样的笑容，太过刺眼。

拜托，这算什么啊！张佳乐瞪着被甩上的门，5秒钟后，随即冲出了学生会办公室的大门。.\/.

"司马彬！"一路大跨步地跑上前，她整个人呈大字形的挡在了对方的面前。T^T

漂亮的眼眸微微一抬，他停住了脚步望着急冲冲挡

在他面前的她。微喘的气息以及有些涨红的双颊，看地出来她跑得很急。再次在学生会里看到她让他有些惊讶，更让他讶异的是她和宁泉似乎关系匪浅。

只是为什么，当他看到她和宁泉靠得如此之近的时候，竟然会有着一丝异样的感觉。有点压抑，有点沉闷。

"为什么不理我的招呼?"两手叉着腰，她吐着气问道。她向他打招呼，最起码他也应该回应她一下，而非是直接做出甩门动作。中华五千年的文明礼仪，看来他学得少了点。>_<

"不想而已，"一个招呼又能代表什么……"毕竟我们只是陌生人罢了。"他淡淡道，越过她迈开脚步朝前走着，他和她充其量只不过是同一所学校的学生，此外就再无其他。

陌生人?!"等等!"她手已先一步抓住了他的衣摆，阻止他再往前走。.\/.

"你——"他微眯起眼盯着抓着他衣摆的手，"放手。"她可以抓住他的衣摆，代表什么。佩服，是的，佩服。也许她的身手要比他想象中来的好。

"我叫张佳乐，弓长张，佳德乐饮料的佳乐。"没有理会他的话，她径自开始做起了自我介绍，"高一年五班，家里一父一母，没有兄弟姐妹。父亲现在在银行当主任，母亲是医院的护士长。生日是2月3日，星座是水瓶座，身体健康，无不良嗜好。"顶多就是爱看帅哥了点，不过这点可以忽略不记。"这样我们就不算是陌生人了吧。"她笑对着他道。如果他还嫌不够，她可以把她家的门牌号码外加她上个学期期末的考试成绩一并报给他。*^_^*

他定定地盯着她，"你常这样对人介绍自己吗？"他问道。一股莫名的情绪自心中蔓延，她难道不知道这样对着一个陌生人报出自己的情况是件危险的事吗？还是说她过于单纯，单纯到不知道人心叵测这回事？他和她也只不过才见过两次面而已。

"不常。"她耸耸肩回答道，基本上她的资料都有大片人在收集。和人见面，往往她只要报上大名对方就知道她是谁了。关于她的八卦情报女生中流传甚广，甚至连她自己都不清楚的三围，她们都知道，让她实在不得不佩服 J 学院的情报网。—_—b

"那为什么要对我说？"带着一丝费解，他问道。

"因为我想要——"她顿了顿，盯着眼前迷人的容颜，好赏心悦目啊，站在一片翠色绿草之上的他，宛如一幅画般的完美。没有一丝瑕疵，精致如水晶般奇幻且易碎。让人想要好好呵护，好好珍藏。^V^

"想要？"他等着她的下文。

闭上眼睛，她深深地吸了一口气，毕竟要再这样的帅哥面前说出"追"是需要一定的勇气的，"我要追

你!"睁开眼眸，她大声地对着他道。

是的，她要追他，如果他是高塔之上的公主，那么她会是拿着圣剑的骑士，劈开荆棘，爬上高塔。也许他真的会如妮妮说说的，不是一个能让女人掌握的男人，但是，她却真的好想让他属于她，只属于她。16 年来，第一次有这样的一种心情，第一次想如此得到一个人。

－·，－

"你要追我?"她的话让他轻哼一声，一丝嘲弄的笑意漾起在嘴角，"原因呢?"又是一个口口声声说要追他的女人，为了什么? 是为了他将来要继承的事业吗? 亦或是为了他的外表? 女人，永远是说谎的生物，用着美丽的言语，迷惑住人的心，即使是在上帝和神的面前。

"当然是因为喜欢你啊。"她答得自然。 =^_^=

喜欢，呵……美丽的言辞，若是她知道他是一个没有痛觉神经的人，还会再继续吐出这两个字吗? "你喜欢我的什么呢?"

"你的脸啊。"她直觉地答道。直到话说出了口，才惊觉到自己说了什么。 =^_^=

"脸?"双眉微微一扬，依稀曾记得她似乎说过她在乎他的这张脸。

拜托，这个时候正常人怎么都会说是人品好、心地好之类的话吧。张佳乐忍不住地在心底骂着自己的白痴。虽然她到现在为止对他的了解仅止于他的这张脸，但是……"是啊。"事到如今也只有老实说了，毕竟话已出口，想要收回似乎是不太可能的了。~_~

大而媚人的凤眼一敛，长长的睫毛盖住了黑玉般的眼眸，"你很诚实。"或许她和别人还是有些不一样的吧。人与人的接触都是从外表开始，着眼于眼睛所能看到的一切，而忽略了背后所隐藏的东西。"你真的喜欢我?"他盯着她，略尖的下颌，英气的双眉，挺翘的鼻梁和微薄的双唇，中性化的外表以及瘦长的身材，作为女人来看，她称不上美女，但是却有着属于自己的味道。

"嗯。"点头是热切的，"怎么样，你愿意让我追吗?" $_$

微微一笑，他伸出手指划过她的唇，"你觉得呢?"媚惑的声音，迷惑着世人。如轻声吟诗般，悦耳动听。<@_@>

心跳——在加速着，身体似乎在逐渐地升温，好热! 只是面对着他的时候没什么感觉。因为他太静了，静得仿佛是存在于世界上的一幅名画，可以欣赏，可以引起人的独占欲，但却不会让人有迷失的感觉。然而，一旦动起来，足以迷惑住人心，让人沉醉于他的笑颜中。*0*

脸有些开始发烫，他手指流连的唇变得格外敏感。

她可以往后退开，可以避开她手指的碰触，但是却浑身乏力。眼前那迷人的容颜似乎越来越靠近，是她眼花了吗？ < @ _ @ >

"你……"望着近在咫尺的俊颜，她困难地吐出了一个字。 = ^_^ =

"只是想试试罢了。"撒旦的轻语喃喃在她的耳边，缓缓地，他的唇覆在了她的之上，双唇的碰触，没有更深入的接触，仅仅只是唇与唇之间的摩擦。风声响起在两人的耳边，他的呼吸缠绕在她的鼻上，眼上，发上。

是吻么？轻轻的，柔柔的，仿佛云絮般的温热。睁着眼睛，她看着贴着她唇的他，靠得好近，近到她可以看清楚他的睫毛有多长，看清楚他那同样睁着的黑色眼眸中她的倒影……

终于，他的唇离开了她的，他定定地看着她，她大口大口地呼吸着新鲜的口气以弥补刚才的氧气不足。 + _ +

"为什么不反抗，你该打我的。"迎着清风，他的声音带着一丝沙哑。一个吻，明明该是带着公式化的，却给着他一种甜腻的味道。她的唇，比他想象中的要柔软。

打?! 她眨了眨眼，想象着自己的指痕留在他脸上的样子，"舍不得。"她老实回答道，如果在他的脸上留

下那样一个痕迹，估计她起码会后悔上一个月。^_^

她的回答让他沉默，周围余留下的是风声。

"你到底愿不愿意让我追啊？"受不了沉默，张佳乐出声问道。

"我不适合任何人。"司马彬淡语。是啊，明明只有18岁，为什么他都觉得自己有28岁的心境。是因为没有痛觉神经的关系吗？所以他的存在和别人的存在不一样。

"那可以变得适合啊。"她说得理所当然。然后伸出双手捧住他的脸。一片的淡然，有着完美的五官，出尘的面容，却让人看不透他在想什么，"总之，你要好好保护你的脸哦！"她做着最后的叮嘱，毕竟，这才是最重点的。^_^

然后，她会努力地追上他的，让他只属于自己。

为什么，他没有避开她的手呢？如果他有意不让对方碰的话，她的手根本不可能碰到他的脸。修长的手指抚过刚才被碰触过的脸颊，他竟然会为了她的话迷惑，甚至去吻了她。也许只是想要试探吧，想知道她是否真的喜欢自己。毕竟太容易说出口的话总是叫人无法相信。

望着走远的身影，司马彬目光瞥向了身后的大树。"宁泉。"声音不响，却已足够让树后的人听到。

　　无意外地，狄宁泉从树后走出，"果然被你发现了。"他就猜到不太可能瞒得过彬的耳朵。偷听不是本意，他顶多只是好奇了点，不过能够看到冲击性的画面倒是出乎了他的意料。"真是稀奇，你竟然会让她碰你的脸。"他打量着司马彬道。和他相交了近三年，他当然知道彬不习惯和人太过靠近。除了他们几个好友外，彬向来保持着人与人之间的距离。T_T^

　　"没什么，只是懒得避开而已。"他找着借口道，连他自己都奇怪于刚才的自己。

　　"是吗？"他的回答狄宁泉显然是不太相信，"你打算答应她吗？"张佳乐喜欢彬，真的出乎他的意料，不过他倒是佩服她有勇气当着彬的面明白说明。只是，不知道以后会如何发展，也许会有一场好戏可看。T_T^

　　"不知道。"转过头，司马彬回避道。

　　"那你家的公司呢？打算什么时候接掌？"狄宁泉的目光看向司马彬左手拇指上戴着的白玉指环。比起彬来说，他算是幸运的。虽然有家族企业，以后亦可能难逃继承的命运，但起码没有在8岁的时候就被套上继承的标志。

　　人生，在他看来应该尽情尽兴，道路还是由自己掌握的好。

　　"再说吧，等我想要去接掌的时候自然会接掌。"他还年轻，还不想太早陷在大人所规划的人生道路中。

　　那看来司马伯父还有得等了，"还是在意你自己的身体吗？"抬起手，狄宁泉用了三成力道朝着司马彬的手臂上打去。

　　没有任何的反应，唯一看见的只有拳头和手臂的碰触，"你说呢，对着这样一个不会疼痛的身体。"如果可以，他宁可痛得跌倒在地上，而非无事般地站着。痛，离得他太遥远，让他连想奢望都不可能。

　　可能——没有痛，所以才会没有珍惜的东西。

第三章　沦陷在爱里

心有种开始沦陷的感觉，
梦开始在无限的延续，
对着你的笑颜，
我无语。

一大堆的文艺小说摆放在书桌上，顶着两只熊猫眼，张佳乐努力地研究这自己的追男计划。?_?

"一，要了解对方的喜好，平时喜欢待的地方，喜欢什么样的颜色，喜欢吃什么东西。"基本上，她关于他的一片消息好像是空白，看来有空该好好向妮妮打听打听，毕竟她对这些八卦了解得比自己多。(^_^)

"二，要不着痕迹地制造机会，给你的'他'留下良好的印象。"不错，的确是个该考虑的地方，要追人，总得和对方相处才行。=_=^

　　自小到大，他是第一个给她怦然心动感觉的人。一种心悸，才知道，原来自己也会脸红。奇妙的感觉，却并不排斥。然后——是他的吻，轻轻的，柔柔的，让她有种飘起来的感觉。自她的初吻在5岁那年白痴地献给了邻居家的那条小黄狗后，这是她唯二的吻。—_—#

　　明天的校园，她又会看到怎样的他呢……

　　J学院的餐厅，向来以品类齐全，档次分明为一大特色，毕竟其学校招收学生是以电脑随即抽取的方式来进行的，学生各方面的差距都蛮大的。因此学校的餐厅也因学校的这一特色而有了各个档次的菜色，以适应不同的学生。

　　喧哗的餐厅，点菜的声音，谈论的声音，走动的声音……四方的餐桌，靠近角落的窗口，明亮的玻璃窗，可以让坐着的人刚好可以看到操场。

　　两本厚厚的原文书摆放在餐桌的一角，合身的制服包裹着黄金比例的身材，修长的手指拨动着刀叉，优雅地切着牛排，恬静的身姿让人觉得犹如处在5星级的饭店而非是学校的餐厅。

　　"嗨！我可以坐下吗？"（^0^）亲切的招呼声响起在他的上方，一张英气的面容出现在司马彬的眼前。猎男行动守则，要努力且尽量地出现在目标的周围，秉持着死缠烂打的基本步骤，直到革命的成功~V。

回应她的是懒懒的一瞥，对方依旧低下头享用着他的午餐。

唔，态度虽然不好，但勉强可以接受。无所谓地耸耸肩，张佳乐把托盘放在了餐桌上。^V^

一片沉寂，随着她放下餐盘的动作，整个餐厅刹时安静了下来，所有的目光皆集中在了张佳乐身上。

不是吧，居然有人敢和司马彬坐在同一桌用餐?!0_0

她好像成了众人的焦点了……张佳乐环看着四周围过分集中的目光，虽然平时也有不少人围在她身边，特别是在运动场上的时候，所受的注目礼更是多。但是像现在这样的，却还是忍不住让她有种寒毛竖起的感觉。—_—b

"我没有说你可以坐下。"淡淡的声音轻轻扬起。司马彬抬起头看着对面的人，除了学生会的人，他绝少会和人同桌吃饭。而这张餐桌，几乎已经成了他的专桌。

总算开口说话了。转过头，她回视着他，"但你也没说不可以啊。"既然没说，那么她自动解释成为可以也没什么好抱怨的。"对了，为什么大家都往这边看啊?"她压低声音地问道。过于强烈的目光，使得她不得不在意。—_—#

优雅地切下一块牛排，他送至嘴里咀嚼咽下，"因为除了学生会的人，没有人会坐这位子。"

"为什么？他们怕你？"她好奇道。近乎于欣赏地看着他的动作，一种浑然天成的贵气，即使只是简单的用餐，也被他体现无遗。 ＝^_^＝

"不知道。"他不置可否地抿了抿唇，拿起了放在一旁的咖啡杯，轻啜着杯里的咖啡。

"是吗？"她直直地盯着他的脸，"其实你应该多笑的，虽然你不笑时候的样子很好看，但是笑的时候更有味道。"她捞起自己餐盘上的汉堡包，一边吃一边评价道。不笑的他总让人有种距离感，无怪乎没有人和他同桌。 ＝^_^＝

笑？！他眼帘一抬，脸微微地凑向她，一丝媚惑人心的笑意漾起在性感的唇角边，"你说的笑是指这样吗？"无意义的微笑，即使不是发自内心也可以称自为笑。

咕噜！张佳乐不自觉地咽了咽口水，感觉嘴里嚼着的汉堡整个滑下了喉咙。好美的笑意，配上他的那张让人流口水的脸，让人如沐春风。 ＜@_@＞

"如果只是单纯的笑，你不觉得没有必要吗？"即使笑，又代表了什么……

"你好美！"她情不自禁地赞叹道，他的笑容，让她有收藏起来的冲动。 *0*

"美不是该形容男人的词。"收回笑容，他手指弹了

弹桌面道。

　　噶？猛地回过神来，她手忙脚乱地拍着自己温度开始上升的脸蛋，看来她对于帅哥的免疫力越来越低了。"不过你不觉得笑一笑你的心情会好很多吗？" *^_^*

　　没有回话，他端起杯子继续啜着杯里的咖啡。纯黑的色泽，带着浓浓的香气，虽有着苦涩的味道，却让人甘之如饴。

　　"你喝黑咖啡？"望着他杯中的咖啡，她惊异道，"你不怕苦？"虽然她没有亲自喝过，但听说应该很苦才是。没有加任何的砂糖和奶精，完全是原味的咖啡。—_—b

　　"苦？"他拿起勺子搅动着杯中剩余的咖啡，黑色的咖啡漾起一圈圈的涟漪。纯黑的咖啡，不含一点的杂质，苦涩的味道，应该会和疼痛比较接近吧，"我不怕苦。"知道苦的人会逃避它，但是没尝过苦的人却会期待它。

　　她的眼神明显带着怀疑的看着他，据当护士长的老妈说爱喝纯咖啡的人估计都是平时生活压力过大的人，不知道他算不算其中一个。—_—b

　　"有时候，知道什么是苦的人也许会比较幸福些。"晃动着杯中剩余的咖啡，他淡淡道。

　　"那我宁可只知道甜的感觉。"她小声地咕哝着。眼光顺着晃动的咖啡杯停留在了他修长的手指上。细长的手指，有着明显的骨骼，配上白玉的戒指，更带着一丝丝的神秘感，"好漂亮的戒指！"她不由地赞叹道。前几次因为只注意他的脸，因此才没有留意到他的左手拇指上戴着的戒指。（ˇoˆ）

戴戒指的男生不算少，但是戴这种古朴的玉戒指可能就很少见了。白色的翠玉，带着一丝丝的紫罗兰色，透着高贵典雅的气息。"你怎么会想到戴这种戒指？"她带点好奇地问道，手指不自觉地触摸着他的戒指，冰冰凉凉的，却又带着一丝暖意。尽管没有任何的花饰，但却可以感觉出它的尊贵。莫怪乎古代以玉为最高的宝物。

"戒指吗？"他抬起左手盯着拇指上的戒指，"我从不觉得它漂亮，它所代表的只是一种责任。"一种需要他继承的责任。尽管父亲有着事业的野心，但是外公却始终也不肯把沈氏的那部分执行权交给父亲。而他，拥有了司马家和沈家共同的血缘，便代表着撇不清的关系。

也许许多人都会羡慕他将来要继承的事业，毕竟司马集团和沈氏任何一个都是所谓的豪门了。但是却没有人来问及他到底愿不愿意去继承。仿佛他的意愿无关紧要。

"责任？"她奇怪于他的话。?_?

"家族的责任，摆脱不了。"扣在了手指上的戒指，

一旦扣上，便不允许拿下……

一次中午的校间午餐，使得她——张佳乐当场成了全校的名人，上至学校的理事长赫老爷子，下至扫厕所的大妈，统统知道了她的大名。让她实在不得不佩服司马彬的影响力。毕竟学生会在学校的势力本来就大，而他又是学生会中的一员。—_—b

整整三天，每天都会有莫名其妙的人跑来看她，不外乎是问她是不是真的和司马彬同桌吃饭，她是不是有意追司马彬，再不然就是对着她无语相对上几分钟，然后转身走人的那种。—_—b

"张佳乐，听说你已经去过司马彬他家了?"下课铃声响起，前拍某一长舌同学回头问道。T_T^

嘎? 他家?! "我只在学校餐厅和他一张桌子吃饭而已。"由此可见校园流言的厉害程度，一传十，十传百，传到最后白的也成黑的。—_—b

"是吗?"对方显然是不怎么相信。~_~

拜托，这有什么好不是的! 张佳乐头大地揉了揉额角。—_ —

"听说你最近老跑学生会的办公室是为了追司马彬啊。"又一声音响起，班上的某位仁兄拍着她的肩膀道。T_T^

"……"果然是纸包不住火，世界上没有不透风的

墙。"是啊是啊。"每次中午休息时间和下午放学后都会跑到学生会去转悠一下，别人想不知道都难。"你们就没有别的八卦好说吗？"课间休息，要说八卦她不反对。本来嘛，学生之间，除了说说每天的电视节目，娱乐明星，买了什么衣服，玩了什么游戏之外，也就只有找些学校里的新鲜事物来聊了。但是有必要每次都拿她的事来说吗？害得她每次下课光是要回答那些问话就得浪费不少的口水。>0<

"你的比较有意思啊。"(^_^)

晕倒！张佳乐忍不住地猛翻着白眼。这是什么歪理啊！—_—b

"张学妹，听说你喜欢的是学生会的司马彬？"又是一道询问的声音，只不过声音之中带着一丝哽咽。T_T

"嗯。"点点头，她看着这个不知道是不是暗恋司马彬，现在跑来问她这事的学姐了。—_—#

"这么说是真的了？"哭腔明显有加重的趋势，娇小的身子在微微颤抖。T_T

这……好吧，虽然她是女孩子，但也同样受不了有女生在她面前哭，"那个，你的心意我明白，但是我实在没有办法呀，我现在喜欢司马彬，所以是不可能会将他让给你的，你明白吗？"俯下身子，她掏出手帕擦拭着对方脸上的泪痕。—_—#

"可是我……"T_T

单眼皮的[鱼]

“好了，别哭了，你若真是喜欢他，应该告诉他呀，所以……你明白吗？”温柔的低语，体贴的动作，以及那份带着帅气的表情，让对方的眼泪当场止住。

“我明白……”学姐喃喃着。T_T

“你真的……明白？”为什么她有种要被吞噬的感觉啊。—_—#

“明白啊。”T_T

一旁的卫月妮无限同情地看着死党，看来小乐说服人的指数显然又上扬了。—_—b

“听说你昨天让一个人和你同桌用餐？”娇媚的声音，带着一丝馨甜。玲珑有致的曲线，即使包裹在校服之下，依然诱人，明显改短的小裙配上匀称的白藕粉腿，更是增一分太肥，减一分太瘦。

“是又如何？不是又如何？”手指调试着小提琴上的弦，司马彬不甚在意地反问道。对于音乐，他选择了小提琴，谈不上特别的喜欢，但是圆润的音色却可以让心情宁静。

初学小提琴应该是在 10 岁的时候吧，偶然间由他小学的班主任所教。虽说他学得并不努力，但却依然游刃有余。是天赋吗？他不知道，不过即使拥有天赋，也并不能说明什么。

“不如何，我只是想要一个答案。”漂亮的容颜上

有着掩不住的嫉妒，高净滢抿了抿红唇道。昨天虽然她没有去餐厅用餐，但是听别人的描述大概也知道是什么情况。张佳乐，她当然知道这个人，自入J以来就凭着出色的运动神经和一张帅气的脸庞得到不少人的簇拥。

轻微的单音节持续地响起在偌大的礼堂，他依旧调试着琴弦。基本上除了每周一的晨会和一些必要的全校活动，平时礼堂很少会有人使用。

"说话啊。"娇媚的声音中带着一丝急切，她一手压在了弦上。能对着她如此漠然不当回事的，也只有司马彬了。若是换成其他人她早就甩头离去，而非在这里苦等着她想要的答案了。

"好吵。"微微地皱起了两道剑眉，他盯着她压在弦上的手，"放开。"

"我……"他的话让她为之一顿，"我只是想知道你为什么允许那个女人和你同桌。"即使是她，也不曾开过这个先例，可是张佳乐却办到了。是的，她嫉妒，本以为虽然她不能打破这个惯例，但别的女人亦同样不可能。谁知道竟然会有例外。

"你在质问我？"微一挑眉，他拨开微卷的额发盯着她。娇艳的容貌，柔嫩的嗓音，女人或许应该是这样吧，而不是像"她"那样……

"没……"在他的注视下，她的气势不由得一敛，

"我只是想知道原因，彬。"她放缓口气柔声道。"你该明白，我是爱你的。"她爱他，自一入学在入学仪式上看到他的那一刻她便爱上了他，心止不住地跳动着，为了眼前的人，在得知他是司马集团唯一的继承人后，更是下定决心要把他把握在手中。毕竟凭着她高氏当家唯一的掌上明珠，自小便是众人追逐的对象。

"是明白。"他放下手中的小提琴站起身来，"只不过你爱的是我的人呢？还是我的家世背景？"

"我爱的是——"不可否认，他的外表和他将要继承的企业她都想要。自小家里的教育已经告诉她想要的一切必须要自己去得到。"当然是你的本身啊，和你的家事完全无关。"她舔了舔道，在他的目光下，她竟然会有心虚的感觉。

"是吗？"她的话让他想到那莫名的女人，至少"她"明白地说只喜欢他的脸。

"当然是啊，彬，你喜欢我吗？"她缓步上前贴近他，想把整个人靠在他身上却被他闪身一避。

"那重要吗？"

"还是说你喜欢张佳乐？"高净滢咬了咬红唇吃味道。那个在体育祭出尽风头的人，矫健的身手和中性化的长相，完全没有一点属于女人的味道。实在很难想象彬会看上那种女人。

她?！修长的手指微微收拢，喜欢她吗——那个叫

张佳乐的女孩？应该没有吧。几次的见面，她如鬼魅般地出现在他的周围。即使他无心，但她的有意却让他不得不记住了她。"那是我的事。"虽然答案连他自己都不清楚。

可恶，没有否定，却扔给了她一个含糊不清的答案。高净滢咬着牙深吸了一口气，"没有人会比我更爱你了，包括我不会介意你那特殊的体质。"她大声道。

她爱他，所以即使他不知道什么叫做疼痛，她也可以毫不介意。

班里，不在！学生会里，不在！餐厅，基本上快放学的时候，没有人会去餐厅用餐。好累，一手撑着行政楼旁的一棵大树，张佳乐轻喘着气，还是第一次知道要在学校找一个人会如此之难。.\/.

"有谁知道司马彬到底在哪里啊！"忍不住地，她头仰着天吼道。一语发出，人也畅快好多。^0^

"你找彬？"低哑富有磁性的声音在她的身后响起。

嘎？张佳乐猛地回头，本以为这里只有她一个人，看来显然是想错了。"你是……"她看向来人问道。0_0

如果用精致来形容司马彬的话，那么眼前的男人可以用酷来形容。半长不短的及肩头发用着一根深色丝带

系着，棱角分明的脸上有着一双摄人心魂的眼眸，如猎鹰般审视的眼神让人不觉有种臣服于其下的感觉。即使对方只是把双手幽闲地插在裤袋中，但却依然可以感觉出他的强势。

绝对男人中的极品，强忍住吹口哨的冲动，张佳乐在心里赞叹道。以她看了十多年的帅哥经验来看，若随着年岁的增长，眼前的人绝对会越发地俊逸。只不过……为什么他越看越眼熟啊。0_0

"赫今一。"对方报上了自己的姓名。一套深蓝色的校服服帖地穿在身上，外套的扣子一排之中仅扣了两颗，而不像彬，不管是衬衫还是外套，扣子永远是从第一颗扣到最后一颗。

学生会长?! 难怪会那么眼熟了，毕竟每周一的晨会基本他都会出现。只不过由于每次都只能远远地看到他，因此她所知道的只是一个整体轮廓，至于他真正长什么样，现在才看清楚。"那你认识司马彬了?"T_T^

"当然认识。"赫今一盯着对方，"你又是谁呢?"会找彬的女人不是不多，只不过眼前这个一脸率真的女孩却让他有种与之对话的冲动。

"高一年级5班的张佳乐。"^_^

哦? 是她! 赫今一挑了挑眉。听宁泉说过，现在有个女生对彬很有兴趣。

彬，可以说是他们四人之中最安静的一个。和承文相比，虽然承文同样是属静的人，但他知道自己想要的是什么，想要把握的是什么，而不像彬，淡然地对什么事情都不感兴趣。

"听说你喜欢彬？"他问道。彬会和她一起用餐多少出乎了点他的意料。毕竟自入学以来，除了和他们几个人之外，彬几乎都是单独用餐，即使有人和他坐在同一张桌上，他也会立即端起餐盘去别的桌吃。也许……她和别的人有点不一样吧，至少，可能会改变彬。

"是——喜欢。"她老实地承认道，若是不喜欢的话，也不会去买那一大堆文艺小说恶补恋爱学分，死命地倒追司马彬了。"你知道他在哪里吗？"听说学生会的人关系都不错，那么他应该会知道彬在什么地方了。=_=^

抬起手腕，赫今一看了看腕上的手表，"他这个时候应该会是在大礼堂那里吧。"一个人的作息若太过规律，那么便会很容易让人掌握行踪。

"大礼堂？"他在那里做什么？？_?

"嗯，这个时候，他喜欢一个人待在那里。"

而他，不认为自己的个性可以去适应那分忧郁……

轻柔的乐声，如风般地飘散在大礼堂内，流水遄遄的旋律，透过拨动的指尖以及葛里亚诺的琴身传递在弦

上强烈地体现出来。

柔美，却带着一丝莫名的遗憾，如叹息声轻轻响起，然后轻轻消失……

"你真的在这里啊。"熟悉的嗓音带着阳光般的身影，推开了礼堂的门。如果不是半路遇上了学生会会长赫今一，恐怕她还找不到这里。^0^

这就是她的追人方法吗？如影随行般地出现在他的周围，即使他有意避开，她却依然会找到他。琴弦依然在拉动着，司马彬目光定定地看着闯进来的人。

好美的音色，^_^张佳乐一步步地走进礼堂。全校大概很少人会知道他会拉小提琴吧。轻如云絮的乐声，让人仿佛看见满天的星空下一片无尽的荒野。有些忧郁，有些悲伤，却又让人觉得怀念。

修长的手指轻按住琴弦，结束了最后的一个音。

"啪，啪！"鼓掌的声音响起在礼堂内，"你拉得好棒。"她情不自禁道。即使她平时对音乐没有什么研究，却依然可以听得出他乐声的动人之处。*0*

"你怎么会知道我在这里？"放下小提琴，司马彬望着张佳乐淡淡道。小提琴拉得好与坏对他而言没有什么区别，音乐只是一种平静心情的作用。

"路上碰到赫今一，他告诉我的。"不过比起赫今一，她依然觉得还是他比较好看。真是奇怪，若是按照她一贯的欣赏眼光，她应该会比较喜欢赫今一那种类型的。是因为看惯的缘故吗？所以才会觉得司马彬的精致竟然会胜过赫今一的酷。

是今一……想来会知道他这时候会一个人在这里的人并不多，是今一告诉她的亦没什么奇怪，"你找我有事？"他问道。对于她，他竟然会任由其缠着自己，想来自己都不能理解。

"没什么事，只是想见你而已啊。"搔了搔头，她走近他回答道，"你似乎不常上课。"刚才她去了他的班级找他，得到的答案却是他甚少会去上课。=^_^=

"是不常。"高中所有的课程他早已在两年前便全部学完，学校只是他一个可以让他尽情休息的地方。进入J学院本来只是为了逃避父亲所选的高中，只不过，能够遇见今一、宁泉、承文却是意料之外的事。也许真的如书中所说的，即使是再孤单的人，终会有几个朋友出现在人生中。

她咋咋舌，"那你不就是经常逃课了？"他的这张脸怎么也和逃课的那种人挂不上勾啊。0_0

"在J学院，只要你有能力，上不上课不是重点，不是吗？"司马彬拨了拨小提琴上的弦，转动把手开始抽紧弦。

话是没错，不过——"大家一起上课也比较有意思啊。"高中生活嘛，就是要一大堆人在一起，然后无聊的时候哈啦几句，这样才有意思。^_~

"会吗?"一大堆的人,挤在同一个房间里,人与人之间保持一段距离比较好,不是吗?修长的手指动了动,继续抽紧小提琴上的弦。

"当然啦。"她晃了晃脑袋理所当然地说道,"可以听不同的老师讲不同的课,然后得到不一样的知识。"只不过由她来说这些大道理多少缺乏了点说服力,毕竟她每次上课,十之八九是在看附近有没有哪个"看得上眼"的帅哥,也因此,被叫进办公室的次数实在是多得叫人汗颜。*^__^*

修长的手指继续收紧着琴上的弦。

"你喜欢上课?"

"也不是啦,只是比较喜欢人多的感觉。"若是她喜欢上课的话,文化课也不至于沦落到和体育成绩呈反比的状况。"还有啊……"

"啪。"琴弦断裂的声音猛然响起,亦打断了张佳乐的话。

血,慢慢地从食指上渗出,一丝丝地划落到手掌中。

"你……"0_0

"流血而已。"淡淡地看着手指上的伤口,司马彬把左手贴近嘴唇,舔着食指上的血。伤口不深,但是却依然会流血。只不过,他永远只有看得到,而无法感受到。

"不可以舔!"她一把抓过他的手,从口袋中掏出手帕,"舔了伤口容易感染,最好是去用冷水冲一冲。"可惜她现在身上没有 OK 绷,不然就直接用 OK 绷止住他的血了。~ ~ > _ < ~ ~

他看着手上多出的手绢,纯白色的手绢,在四周印着淡淡的咖菲猫的图案。即使她的外表再怎么像男孩子,依然有着属于女孩的一面。

小小的手,柔且软,似乎像要对比他的硬。虽然有着高于一般女孩的身高,以及那张中性化的脸,但她的肩膀却窄窄的,如此窄的肩膀,可以支撑住这样的身高吗?

"痛吗?"她问道。

痛?可能吗?"不痛。"这是实话。她软软的手,却让他有种炙热的感觉。

"那你要记得等会回家好好用凉水冲洗一下伤口,再……"她边说边抬头,却在对方深沉的注视下自动消音。他的目光,太过专注,仿佛在研究着什么似的。

"你……"

没有受伤的右手缓缓抬起,抚过她的脖颈,她的脸颊,她的眼、眉,最后停留在她的唇上,为什么,只是一个简单的包扎,却让他开始有种不一样的感觉?有点热,亦有点闷,是因为受伤的关系吗?

柔软的唇瓣,没有涂上任何的东西。她的身上,有

着一股不属于香水范畴的淡淡香气。

　　唇在发热，在他的手指的划动下变得好烫，"我
……"

　　"你喜欢我，不是吗?"缓缓地俯下身子，宛如叹息
般他的唇贴上了她的唇。没有道理的吻，连他自己亦不
知道是为了什么呵……也许，只是为了化解胸口中的那
点热，那点闷罢了……

　　而礼堂的门外，则有着一双眼在窥探着……

第四章　因为喜欢，所以答应

一个微笑，
一个承诺，
因为喜欢，
所以答应。

夜，寂静无声。灯光下，女人看着手中的相片。一身秋天的校服，削薄的短发下是帅气的笑容，略微清瘦的挺拔身躯让人有种性别错致的感觉，但是却依然吸引着别人的目光。

张佳乐……女人捏了捏手中的照片 T^T，喃喃着莫念着照片中人的名字。彬是她的，她没有打算放手，高中的三年全付在了他的身上，她在他身上的感情不是说收就可以收得回的。

她会得到他的，一定会的，而至于张佳乐，她会让

她明白，彬不是她可以得到的人…….\/.

"铃！"

震耳的上课铃声响起，基本上，学生都会老老实实地回到教室。虽然说也有人会逃课，但是在 J 学院里，教师通常一个比一个厉害，真正可以说有资格逃课的学生可以说是少之又少。毕竟惹恼了这些老师，下场绝对只能用凄惨来形容，写检讨是小意思，罚抄一百遍的课本才让人欲哭无泪。所以了，学生们也很"懂得"尊师重教的道理，一打上课铃便乖乖地去上课。当然，除了学生会的那帮人之外——

"完成了。"一声解放似的喊声自学生会的办公室响起，狄宁泉整个人几乎都从椅子上跳了起来。花了一个礼拜的时间，总算是把这该死的节目单给整理完毕。

"不错，有进步，比我预计的时间要来得快。"一旁的叶承文抽起放在桌上刚整理完毕的节目单，边看边说道。^_~

还有预计时间？忍不住地掏了掏耳朵，狄宁泉晃动着那一头绝对可以称之为"灿烂"的脑袋，"麻烦你下次千万不要再给我这档子事了。"忙得他有够彻底的，好在现在已经是高三下了，距离毕业也就那么几个月，估计是不太可能再有什么文化祭体育祭之类的冒出来。

"只是让你培养能力。"缓缓一笑，叶承文手指轻敲

着桌面，"况且前段时间今一在处理育明的事，根本没有时间来插手文化祭。"育明高中，和 J 算是死对头的学校。恩怨从何而来已不得而知。只知道 J 的人看育明不顺眼，育明的人同样看 J 学院的人不顺眼。每次的升学率、招生率、学校扩建面积、师资力量……两所学校都会互相比较。以至于两所学校的人在外打闹起来，也不是什么奇怪的事。

"知道啊。"狄宁泉懒懒地摆摆手，如果不是今一去处理育明的事，文化祭的烂摊子怎么也不会掉到他的头上，"对了，今一，育明的事处理得怎么样了？"狄宁泉转头问着站在书桂旁正抽着档案的赫今一。

"老样子。"抽出了想要的档案，赫今一坐回到办公桌前。对于处理育明与 J 学院之间的事，一向来就是学生会里最头疼的事。"彬，你的手好点了没？"看着坐在正对面的司马彬，赫今一关心地问道。学生会的人，虽然来自不同的家庭，有着不同的成长背景，但所共通的一点就是他们的家庭背景不是有权，就是有财，也因此，自小的经历反倒让他们四个惺惺相惜，成了好友。人生短短数十年，得到知己是何其有幸。

"小伤而已，没什么大碍。"从原文书中抬起头，司马彬瞥了眼手帕包着的右手，指上的伤已经开始结疤，相信再过两天伤口应该就会痊愈。只是伤好了，他却依然还是没把手帕拿下。手帕上，似乎依然能感受得到她给他包扎时她的手指所传递过来的温度。

有点温，有点暖，让他竟然兴起一丝眷恋的感觉。为什么呢……眷恋，他竟然会用上眷恋这个词，也许是因为她的动作依稀仿佛母亲小时候为他包扎伤口时的样子吧。

"那就好。"赫今一道，"还是喜欢看原文书吗？"他瞥着司马彬手中厚厚的英文书。

"嗯，原文的书比较接近真实的感觉。"不像翻译本，经过了旁人的修饰解释与加工。

"真搞不懂你，怎么就那么喜欢费力地看原文书。"双手交叉地枕在脑后，狄宁泉整个人重重地靠在沙发上。虽然他自认别国的语言学得还可以，但若一看到放在书柜里那一大排的原文书，脑袋依然会发热。真不了解，彬怎么就受得了看这些艰涩难懂的外文。

"你怎么不承认说，彬在这方面的能力比你强。"双手环胸，叶承文对着狄宁泉笑语道。

"只是看习惯罢了。"司马彬淡淡道，合上手中的书，站起身来倒了杯水喝道。

习惯！很好的说辞，赫今一望着司马彬，"那么人呢？如果有像原文书一样的人，你也会慢慢习惯吗？"

像原文书般的人？拿着水杯的手顿了顿。没有任何的修饰，纯真，坦率，真实地展现自己……莫名地，他竟然会想起"她"，想起"她"身上那股淡淡的，却自

单眼皮的[鱼]

然的清香。

低下头，黑色的眼眸盯着左手食指上的白色手绢……他习惯她了么？

"小乐加油啊!" ^_^

"乐乐，加油!" $_$

"张学妹，我们永远支持你!" *0*

一波又一波的吼声响起在体育馆内，比起男生们的专心看比赛，女生们显得更加兴奋，偶像呀，真是偶像呀，为女性同胞多长面子呀。一场篮球社自行策划的男女对抗赛，出风头的主角显然成了张佳乐。

一个网下投篮，一个三分球，一个盖火锅，流畅的步伐，行云流水般的运球传球，即使比起男生来说亦毫不逊色。

"啪!"轻松地避开对方球员的包抄，篮球自她手中呈弧线型地进了蓝眶。

"哇!"一片哗然，一个简单的进球显然又引起了一片的骚动。

拜托，叫得也太大声了吧!张佳乐头大地看了眼站在看台最前排的那一大堆的女生。来看比赛的人多是件好事，增加人气给比赛助兴，但是，现在的人气显然是助得过于旺盛。

"佳乐，为你助威的人好多啊!"比赛场上的队员各

个羡慕。^_^

"呵呵。"她嘴角抽蓄着笑了笑，这种助威，她宁可人少点。

终于，哨声响起，比赛结束。107 比 105！

"了不起，居然可以从男生队中的手里赢球。"这是篮球社社长李祥声的评论。0_0

"哪里，你们男生的一队都没上场。"张佳乐拿起死党卫月妮在一旁早已准备好的毛巾，一边擦着身上的汗，一边说道。男女天生就有着体能上的差异，能够赢只能够说是幸运。

"能赢二队（候补队员）也已经很了不起了，况且刚才你在场上真的是很活跃。"李祥声中肯地说道，而后看了眼依旧站在看台边没离去的大堆女生，"只不过——她们也很活跃。"整场比赛，听到最多的是小乐的名字。受欢迎的程度绝对比篮球社里的任何一个男生要大。—_—#

"是……啊。"拿起了矿泉水的瓶子灌下了一大口的水，张佳乐颇无奈道。—_—b

"所以我说啊，小乐最好有空能够能够打扮一下自己不要整天就是打篮球什么的，头发嘛，最好留长。"一旁的卫月妮插口道。以她的眼光看来，小乐只要把头发养长，然后好好地上一下妆，一定会很有味道。毕竟她的五官长得很好，身材又够高挑。(˘0^)

"不是吧，你要小乐留长发？"李祥声不敢置信地指了指张佳乐，一向把之当成哥们的人突然要留长发，实在是让人难以承受。0_0

"有什么不对的，小乐是女孩，为什么不能留？!"现在连男生都有许多留长发的。~_~

是没错，但问题是他会受不了，"你不觉得那样会很怪吗？"

"小乐只是长得中性化，又不是男性化！"

张佳乐坐在长凳上猛翻着白眼看着一来一往对话的两人，这算是在打击她身为女人的自信吗？虽然自小到大，她也习惯了男性化的打扮，但是，偶尔也会想想若是自己像着普通女孩子一样打扮自己，会不会变得比较像女孩。:P

只不过，眼下的情况若让他们两个再谈论下去，只会更打击她身为女人的积极性，"喂，你们……"

"张佳乐在吗？"轻柔的嗓音，虽是问话，但对方的眼神却已盯着目标人物。

"我是。"放下手中的矿泉水瓶子，她应声道。好漂亮的女人，娇气，艳丽，同时富于自信。但是——她应该不会认识才对。如果她认识这样一个人的话，脑子里至少会有起码的印象。"你找我有事？"对方的目光太过认真，让她不得不有此一问。^_^

"可以出来一下吗？我有事要找你谈。"美女说着询

问的字眼，却用着命令的语气。>0<

"我是高净滢。"操场的一角，对方高傲地报出姓名，仿佛只要说了名字，别人就一定会知道她是谁。毕竟在 J，自有大帮的男人拜倒在她的裙下。

"哦。"张佳乐随意地应了一声，毕竟对于一个新听到的陌生名字，她实在很难做出什么反应。?_?

"你不认识我？"美女显然惊讶，以往在学校里，往往只要她报上名字，别人就知道她是谁，即使不知道她，也该知道高氏企业。0_0

"我应该认识你？"张佳乐奇怪道。对于帅哥，她倒是认识得比较多，最起码，校园十大帅哥排行榜上的名字她都能报得出。T_T^

高净滢深吸了一口气，"不管你认不认识我，我今天来是想对你说彬的事。"

彬？她想说的是彬的事？"彬怎么了？"看着对方的神情，她隐隐有着一种感觉，这个高净滢，应该是喜欢彬的吧。

"没什么，只不过想要告诉你，以后请你不要再缠着彬了。".\/.

宾果！猜对了。"你叫我不要缠着彬？"张佳乐掏了掏耳朵道。现在的情况——多少有点像八档电视连续剧中的情景，第三者被正室叫着离开男主角。+_+

"是，即使你缠着彬也没什么用，因为彬是我的。"

美女说得自信，"我爱彬，他也知道这点，你认为在我和你之间，他会选择谁？"她说话的同时挺了挺身子。若是真要选择的话，恐怕没有人会选择张佳乐那平板的身材吧。= _ =^

柔媚的脸庞，发育成熟的傲人身材，比起对方，她似乎真的缺少了点女人味。但——"我为什么要听你的？"她缠不缠着彬好像也不关她的事吧。—0—

"不是要你听，而是现在我在告诉你该怎么做！"高净滢傲然道。如果不是无意中在教堂的门外看到彬竟然会去吻张佳乐，她亦没有打算出现在这里。>_<

威胁，一种生为女人所感觉到的危险。彬的淡然，让他从不会去吻任何的女人，即使她与他之间的吻，也向来都是她主动，而他只是被动地承受。>_<

爱他，也许因为她似乎永远把握不住他吧，明明没有翅膀，明明不会飞翔，却依旧让人无法抓住。"怎么样？考虑按照我说的去做吗？"她等着她的答案。

"我想我做不到。"张佳乐无奈地叹了一口气，但是若要以这一点让她离开他，她做不到。选择的权利在彬，她只不过是想要表达出来罢了。"你爱彬，我也同样地喜欢他，这和他选择谁无关，或者，等他真正选择了，我才会再考虑你刚才说的话。"⊙. ⊙

"也就是说你现在还打算继续缠着彬？"她目光幽深地盯着她。>0<

　　"没错。"她认真地点点头，露出一口灿灿的白牙。
＼0^

　　"你……"高净滢咬了咬牙，对方比她想象中的要
难打发得多，"即使你想要得到彬也是不可能的，你根
本就不了解他，你知不知道他……"

　　视线——一道很冷的视线，太过强烈的注视，使得
高净滢转头向着身旁张望，然后，所有要说出口的话都
消失在了嘴边。

　　高大的身子斜靠在树身上，沉沉的眼神如冷玉般让
人不寒而栗。一头黑亮的短发，在微风的吹拂下轻轻扬
起。

　　"彬……"不自觉的叫声，自高净滢的口中溢出。

　　啊？高净滢的低呼声，让张佳乐亦转过头来，熟悉
的身影出现跃入眼帘，他怎么会在这里？亦就是说，刚
才的话他都听见了？包括她所说的那些话喽?! =^_^=

　　"彬，你怎么会在这里？"没等张佳乐开口，高净滢
已经率先问道。

　　斜靠着树的身子动了动，"你刚才想说什么？"司马
彬紧盯着高净滢，没有理会她的问话，只是径自地问着
自己的问题。

　　"没……什么啊。"她不自在地舔了舔唇，只是他的
一个眼神，就让她有种宛如被猎鹰盯上的羚羊，忍不住

地浑身打颤，"我只是告诉她不应该再缠着你，还有
——我才是最了解你的人。"所以，她该适合他的，对
于他，是她第一个付出了却没有得到同样回报的人。

"了解?"盯着她的目光更加深沉，"你了解我什么?
这具身体吗?"侧着头，他右手攀着左手的臂膀道。

"我……"当初会知道彬没有痛觉神经纯粹是以外，
若非她无意中听到学生会中的谈话，恐怕她也想不到一
个有着如此精致面孔、完美身材的人竟然会不知道所谓
的疼痛。对于她来说，这样身体的他该是个异类，但是
她爱他，不管是他的容貌还是他那雄厚的家事背景，所
以她可以容忍他身体的缺陷。可能也正因为她知道这个
秘密，所以她才可以一直地待在他的身边。

"至少，我会接受这样的你，而她呢?"手指一伸，
高净滢指着一旁处于一头雾水的张佳乐。

他们在说什么啊?为什么她开始有种听不懂的感
觉?张佳乐皱了皱双眉，什么身体，接受，她只觉得越
听越糊涂，仿佛他们之间有着一个神秘的话题，而她从
来不曾接触过这个话题。

"那又如何?只要我喜欢她就可以了，而至于她接
不接受，不在我的考虑范围内。"他扬了扬眉，薄薄的
唇角勾起一丝笑意，只是眼眸里全然无笑。

噶?!一句话同时怔住了两个人。

张佳乐刹时呆愣住。她没听错吧，他刚才竟然说喜

欢，他喜欢她？会吗？如果是真的，那么他为什么会用这么冰冷的口气说出来？0_0

"你喜欢她？"高净滢无法置信地道 >0<，指着张佳乐的手指亦开始微微颤抖。虽然彬对张佳乐的态度显然有别与对待别的女生，但喜欢——以着那张没有一丝一毫女人味的面孔和平板的身材，竟然会让彬说喜欢二字，怎么想都不可能。"你在开玩笑?!"也只有如此才能说服自己，否则他何以会选择张佳乐而不是美貌的她。0_0

"我从来不会开玩笑。"手一勾，他拉起一旁还处在呆滞状态的张佳乐。"还是说我喜欢乐乐会让你觉得奇怪？"

"但我是真的爱你啊。"至少对她自己来说，这是最真的一次。T_T

"那又如何？你爱我就一定要我爱你吗？"若真的如此，那么就不会有所谓的不公平出现了。"你没有必要在我身上浪费时间，我亦不可能会爱上你。"爱人，该是什么样的呢？如痴如狂，还是强烈到要占据对方的一切。

他正在抱着她，张佳乐愣愣地看着把她整个人环住的司马彬。172的身高在男生中往往已经可以和别的男生平视，但是在他的怀里，她竟然会觉得自己小巧。厚实的胸膛，宽阔的肩膀，以及环在她腰上的有力手臂

——帅啊！<@_@>

"我不相信，我不相信！"高净滢摇了摇头，拒绝接收刚才所听到的话。

呵，司马彬无所谓地撇了撇嘴，缓缓地低下头，盯着怀中的人。

好——诱人的目光！张佳乐倒抽着一口气。诱人的眼睛，加上那诱人采撷的唇瓣……唔，再看下去，难保自己不会当场流鼻血。"你……到底是怎么了？"别说高净滢不相信，就是她也不相信。从刚才到现在，他说的话都一直有点莫名其妙。0_0

"没什么。"

"可……"眼前的俊颜越来越放大，近得他的呼吸已经喷洒在她的脸上。他……他……他该不会是又打算要吻她吧。"喂，你……" =^_^=

"那么这样你该相信吧。"淡淡的如咒语般的低喃轻轻地飘散在草树之间，司马彬吻上了环在胸前的张佳乐。为什么女人总是喜欢通过眼睛去证实某写东西呢？难道眼睛所见的，就一定是真实的吗？

两唇的相碰，他的唇覆盖上了她的，没有如前两次那样仅仅只是双唇的碰触，他翘开了她的双唇，越过她的贝齿，吸取着她唇内的芬芳，和她的舌纠缠在一起……

好晕，身体好热。张佳乐不自觉地闭上了眼睛。灼热的吻，不像前两次那样蜻蜓点水，而是……这就是别人所说的深吻吗？那么甜腻与沉醉，只不过，舌与舌的纠缠，让人觉得呼吸困难……

"满意吗？"终于一吻结束，他的唇离开了她的。司马彬抬眼望着直直站立的高净滢。

"……"无语，第一次看到，她可以告诉自己那知识彬的一时兴趣，但是现在第二次看到，她却真的不知道该做何感想，还能告诉自己，这只是彬的一时兴趣，所以才会主动去吻人吗？

终于得救了！张佳乐大口地呼吸着新鲜空气。他的吻，几乎可以说抽干了她浑身的力气，若非现在他的手还环在她的腰上，她很可能已经瘫倒在地上了。<@_@>

"你怎么可以突然吻我？"她双手扯着他的领口问道。每次的吻她，都是那么突然，让她没有做好一点心里准备。0_0

"你不喜欢？"扬了扬眉，他反问道。

这……也不是啦，她直觉地摇了摇头，若严格说来，他吻的感觉还不错，尤其是他刚才的吻，没有她想象中那样口水交换口水的恶心感，反而给她一种吃糖的感觉。

只不过，好歹也先打声招呼啊，而不是让她像白痴一样站立在原地等着被吻。不过——他的技巧真的有那

么一点好，至少比起生涩的她来说要好得多，不知道是不是平时有练习的缘故。＊０＊

"既然喜欢，那还有什么不满意的呢？"沙哑的低语轻飘进她的耳里。司马彬凑近她的耳边道，而后，欣长的身子越过她头也不回地向前走去。

但问题是……望着走在前方的背影，张佳乐急急地追了上去，至少，她还有事想要问他……?_?

幽怨的眼神盯着远去的身影，高净滢死咬着红唇。从来没有人会给过她像今天这样的屈辱和难堪。司马彬，她迟早会把一切讨还回来的。从来没有她想要而得不到的东西，他亦不会例外。

第五章　你追我逐的游戏

我的步伐，
开始为你停留，
等待着告诉你，
我允许你追逐上我。

"等一下。"一路跟着司马彬走到校门口外的停车场，张佳乐一个箭步上前道。好在现在已经是放学阶段，学校里的学生已经走得差不多，只有操场以及校门口处人才多一点。^_^

"你刚才说的到底是不是真的！"她盯着他，整个人站在他的面前。一句喜欢，却让她的心跳加速。不可否认，他的言语已经开始对她有了影响力。真的是因为他的那张脸的缘故吗？让她越来越沉迷于待在他的身旁，眷恋着他的气息。<@ _@ >

"什么?"司马彬淡淡反问道。

"就是你说你喜欢我的事。""喜欢"两个字，让她的心一度跳跃不已。她喜欢他，她明白。看着他，总是想要越发地靠近他，靠近到让她可以仔细地品味着他的各种神态。 =^_^=

"是又如何？不是又如何？"他从口袋中掏出车钥匙打开车门，已过18岁的他亦理所当然地拥有了驾驶执照。

"不管是与不是，我只是想要知道一个明白点的答案。"不清不楚的关系，她不想要，喜欢对方，亦想要得到对方的喜欢是理所当然的事。她只是很想知道他的回答究竟是什么。⊙.⊙

"那——"他顿了顿，停下了开车门的动作，"如果我说不是呢？"对于她的感觉，连他自己都不清楚，只是刚才，喜欢两个字竟然会如此轻易地从他的口中脱出，连他自己都被吓了一跳。也许她的坦率，她的活力是他所不曾拥有的，更甚至她的笑容，都太刺眼。

不是…… ～～>_<～～她的脸色黯了黯，也许早就知道这样的答案吧。他的喜欢说得太突如其来，亦没有让人可以信服的地方，只是真的从他口中得到答案，依然会让她的心猛然一缩。

"没关系，我可以继续追你。"她故做坚强地笑笑道。是呵，她是张佳乐，没有道理因为对方的一句话而

有所放弃。她坚强，却也明白自己所想要的。"不过我想要知道你们刚才所说的身体是怎么一回事，为什么她会说只有她才会接受你？"女人的好奇心本来就旺盛，更何况还是关系到他的事情。他和高净滢之间仿佛有个秘密般的事情存在，而她则被排弃在这个秘密之外。

$_$

黑色的眼眸一敛，身体……一个没有痛觉神经，永远感受不到疼痛的身体，或许会被人当成是异类看待，即使他在如何想要知道疼痛的感觉也永远挤不进平凡的世界。"你想知道？"他沉沉道。透着车窗的看着自己的身影。任凭现在的医学再怎么发达，却依然没有方法来医治这样的身体，可能终其一生，都是如此了吧。

"你肯告诉我？"张佳乐直觉一惊，会那么轻易吗？总觉得他不会是一个随便对别人说什么的人。她也做好了要软磨硬泡准备。但现在……^^V

或许，他真的是想看看她若知道了他有这样的身体会有什么样的反应。是如同一般人用着异样的眼光来看待他呢，还是如同今一、宁泉、承文般把他当作正常人看待。

拇指缓缓的摩擦着右手指上的手帕。虽然早就可以拿下手帕，但他却依然让它缠绕在指尖。

"你……"她顺着他的动作看见了自己的手帕，只

是一块手帕，却仿佛她标在他身上的一个记号，让她不由得脸一红。=^_^=

伸出左手，他单手执起她的手，把她的手指放置唇边。

手指有点发热，她怔怔地看着他的动作，然后只见他轻启双唇，露出了莹白的牙齿……好美，半启的嘴唇以及那诱人的唇齿，半敛的双眸和吞吐的气息……老天，再看下去，她迟早会鼻血喷死而亡。<@_@>

"你……"才想开口，却因指尖中传来的疼痛感而倒抽了一口气，"哇，你咬我干吗?!"抽回手，张佳乐忍不住地叫道。细长的手指，带着被咬红的淤痕，虽然没有流血，但却依然让人疼痛有余。"你知不知道，你这样咬人很痛的!"刚才的绮丽气氛顿然消失，她冲动地拽着他的领口道。>0<

"很疼么?"司马彬淡淡地问道，任由她抓着他的领口。

废话!"不然你让我咬你一口试试看。"她又不是木头人，被咬当然会痛。—_—#

"如果有一个人……不知道什么叫做疼痛，你会相信吗?"沉沉地，他的声音响起，不大，却清楚地让人听见他的话。解开指尖的手帕，他露出已经结疤的伤口。粉色的疤痕，代表着那里曾经受过伤，但也只是代表罢了。

噶？他的话让她微微一愣，"不知道什么叫做疼痛？"张佳乐眨了眨眼睛。什么意思，是指他不怕痛的意思吗？为什么她有种有听没有懂的感觉。?_?

"也就是我完全感受不到任何的痛，我的身上——没有痛觉神经。"缓缓举起右手，他展示着手指上的疤痕，"就像这个伤口，会流血，会痊愈，但我却没有任何的感觉。"如同他所拥有的只有头脑的思维，但身体却和他的思维脱了节，如机器般地可以行动却无法感受。

"你……没有痛觉神经？"是天方夜谭吗？0_0还是说她听错了？松开了拽着他领口的手，她咋了咋舌。"就算别人打你捏你你都不会有任何的感觉？"真的有这样的人存在于她的周围？一种她一直以为只有小说或者报纸杂志上才可以看到的人，有着华丽的外表与忧郁的气质，然后加上一副与众不同的身体。

"是。"他盯着她，等待着她的反应。

"真的？"虽然心里已经隐隐相信，但却依然还是忍不住地再次问道。0_0

"很难让人相信？"他微眯着眼盯着她。

"是有点。"她老实地回答道。毕竟他是她身边第一个体质特殊的人，而且还是这样的特殊法。"也就是说我现在怎么捏你你都不会痛了？"手不由自主地抚上了他的手臂，拇指和食指拽着他的手上的肉捏去……红色

的印记，慢慢由浅变深。"痛吗?"她问道。^V^

"不会有感觉的。"他抽回手，盯着手背上的红印。小时侯，自己也曾用过这样的方式，在身上制造着大小的伤口，希望自己可以感受到那种痛得掉泪的感觉，但是所换来的却只有失望而已。"我说过了，我没有痛觉神经的，受伤，流血都不会疼痛的。"

"那你……"她欲言又止地看了他一眼，没有任何疼痛的知觉，这是她所不能体会的。

"怎么样? 觉得我像异类吗?"她的眼光让他自嘲地笑了笑，"拥有着这样的身体，一个和常人不一样的身体。你想知道的事情我已经告诉你了，你的好奇心也就到此为止了。"也许本就不该对她说出这样的秘密。告诉今一、宁泉、承文是因为他们是他的知交，高净滢会知道则是因为无意中听到，而如今，他却对她亲口说了这个自己一直隐藏着的秘密，代表着什么呢……还是真如今一所寓意的，他——已经习惯她了么?

拉开车门，才想坐进去的他却被她死命得拽着衣摆，"等等! 我不记得我有说过你是什么异类。"她瞪着他申明道。拜托，又不是拍什么科幻篇! 异类?! 这是哪国话啊! "你只不过是没有痛觉神经罢了，又不是什么大事，比起那些先天性残疾的已经要好很多了。"尤其是他还拥有这样得天独厚的容貌和黄金比例的身材，不知道让多少人羡慕到死。:P

"但是却无法感受到任何疼痛的感觉……"

无法感受?!"是人都会有感觉的,高兴的,悲伤的,快乐的,痛苦的,只要是人,那就要感受过一切才会感觉才是真正的生活。如果你那么介意自己的身体,介意自己不知道什么叫做痛的感觉,那么我会让你知道什么叫做疼,什么叫做痛,即使你没有痛觉神经,但依然可以感觉到疼痛的感觉。"人生该是什么都经历过的,即使是让人不舒服的痛楚,也该经历过。

感觉疼痛,该是他的奢望,可望而不可及,永远抓不住手的感觉。但为什么她的话却对着他有着莫名的吸引力?依稀在他模糊的印象中,小男孩曾经坐在木制的地板上,身上带着大片的淤青,望着母亲涂着药水的手,很认真地问:"妈咪,为什么我不会像别的同学那样痛得大哭呢?"这些伤是他故意跌倒弄来的,但是并没有如他预期般的,出现这些伤口,他就会像同学们那样掉眼泪。?_?

"因为你比较坚强勇敢啊。"涂着药水的手颤了颤,母亲望着小男孩回答道。

"可是,我不想要勇敢啊。"小男孩瘪了瘪嘴,其实他真正想的是能够和大家一样,"妈咪,我也想要和别的同学一样会痛得大哭一场。"是什么让人会掉眼泪呢?还有究竟什么,才是"痛"呢?

"可是彬,不知道痛不是一件很好的事吗?这样你就不会老哭鼻子啊……"母亲的淳淳声音，回荡在小男孩的心中。但是他真的想要哭出来啊，因为痛而哭出来……

"你想让我知道什么是疼痛？"缓缓抬起眼眸，他凝视着面前的她。一份感觉，一份他渴望已久的感觉，然后她告诉他会把这份感觉放到他的面前。

"是，而且一定会。"没有回避他的目光，她毫不犹豫地点头道。-.,-

呵……说得如此坚定，仿佛她就是会带给他疼痛般的人似的。可能吗？18 年前他没有感受过，18 年后也依然不觉得自己会感受到。

但是他却依然想要相信她，相信她能做到，因为她的话仿佛对他有着吸引力般，让他不自觉地想要陷下。

"你喜欢我？"莫名地，他天外飞来一笔地问道。

"你问这做什么？"她奇怪于他突然转变的话题。现在该讨论的是她想让他知道疼痛的感觉，而非是她喜欢他的那档子事吧。 =^_^=

"如果喜欢的话，那么我让你追上我吧。"如云淡风轻般淡淡的嗓音，却吐着让人喷血的话。

呃？她掏了掏耳朵，直觉自己有没有听错，他要让她追上他？！ 他到底知不知道自己这句话意味着什么？！

"你……你的意思是——"话还是问清楚一下，省得是自己在自作多情。0_0

　　抬起手，他的手抚过她的发，虽然短翘，却比想象中的要柔软，"我会让自己喜欢上你，如果——你真的可以让我知道疼痛的感觉。"对着风，他许下他的承诺。是的，他会让自己喜欢上她的，毕竟他对她是有感觉的，要喜欢上她并非是太难的事。他想知道的只是她会不会如她所说的，带给他那份感觉那份痛。

　　"也就是说，我们会是男女朋友。"微微一笑，他对着她吐出答案。

　　男女朋友?! 他和她?

　　@#￥%！

　　男朋友? 女朋友? 该是什么样的定义? 没有人能够规定出双方该怎么样才说是相配。毕竟人们常说年龄不是问题，身高不是距离，体重不是压力。只不过，当有人把此当做月球撞击地球类的大新闻报道得全校皆知的时候，那就不得不让人开始考虑起这问题了。

　　她和司马彬交往有那么让人难以相信吗? 捧着刚发下来的国文考卷，张佳乐努力地站直身体，保持着学生来到教师办公室里应有的"风范"。

　　"咳。"清咳一声，国文老师康雯雯清了清喉咙道，"张同学，听说你和三年级的司马彬在交往?"话夹子由此打开，声音之中有着过分的好奇。

　　"是啊。"微微地抽蓄了下嘴角，张佳乐点点头。由

此可以看出，女人，即使是结婚生了孩子，依然有着三姑六婆打听消息的本能存在。—_—#

自从她和司马彬交往的消息传遍全校后，她被叫进办公室的次数呈等比上升。甚至连放学回家，传达室里的大伯都会把她叫过去问一下，真是不知道她何时变得如此走俏。—_—b

"那个……老师，你把我叫来办公室应该是为了我的语文考卷吧。"添了舔唇，她指了指放在办公桌上的语文考卷。36分，不是63分，红得耀眼的分数直觉让人想要塞进书包里。~ ~ >_< ~ ~

"这是当然。"康雯雯摆摆手道，眼光依然紧盯着张佳乐，显然兴趣的重点在人身上而不在考卷的身上。

毕竟司马彬——全校闻名的忧郁王子，一张唯美的脸庞迷煞全校一干女性动物，即使是已有老公孩子的她，依然会不自觉地想要多看他几眼。美丽的事物人人爱看，她也只是平凡人中的一个——偏偏对方的出勤率少得可怜，即使是在学校里，依然难见其身影。

"你和司马彬相处得还习惯吧？"问话继续围绕着忧郁王子的身上而非是语文考卷上。

康雯雯，全校知名的教师，因其父亲是警政署署长，自小培养出来的一身好身手，基本上是打遍全校，27岁入校，两年的时间便已成为全校最红的教师。

她的红，倒不是她的教书水平有多高，而是在她面

前少有不听话的学生。

　　学生会长赫今一和国文老师康雯雯每次见面一顿拳脚上的往来已经是全校皆知的事情，场面多得让人都看到麻木，谁叫两人的身手都是一等一的好呀。

　　也因此，不在康雯雯面前提及她的克星赫今一是最明明智的做法。

　　这……张佳乐强忍住翻白眼的冲动，这问题若是生活老师来问倒还情有可源。但是由一个语。语文老师来问，就……"老师……我的考卷。"她再次指了指放在办公桌上的考卷，以提醒眼前的教师她之所以进办公室的原因。—_—#

　　"司马彬应该不是很好相处吧，不过老师支持你，学生时代，谈场恋爱无妨，只要记得把自己的学业顾及好就行。"答非所问的"精髓"由此体现。康雯雯继续围绕着自己所关心的话题。T_T^

　　支持？普通的老师不都该反对学生早恋吗？"您支持？"忍不住得掏了掏耳朵，张佳乐怀疑自己有没有听错。至少，如果现在给她来场精神式的训话她反而比较能接受。0_0

　　"怎么不支持？"毕竟一个长得唯美精致，一个又是帅气而中性化，怎么看都是唯美组合。养眼的东西她向来是比较欢迎，多多益善是再好不过。"老师我会努力支持你的，我个人觉得你配司马彬还不错。"至少比高

净滢要好。手掌一挥，康雯雯豪气得拍了下张佳乐的肩膀。^_^

"是吗?"为什么她还是觉得怪怪了点。"那个……我的考卷。"这是她第三次提醒对方自己的进办公室的目的了。+_+

"哦，这东西啊。"康雯雯转过头，捞起了桌上放着的试卷甩了甩，凝视着试卷上的分数，"成绩不是很好，但也不是说没法挽救。"抬起头，她弹了弹试卷道，"下个星期还要再测试一次，希望倒时候你有好的成绩。毕竟，以你现在这样的成绩，你的期末总成绩上很难填。"

下个星期还有测试? 两道帅气的剑眉皱了起来。基本上她的语文成绩和体育成绩呈反比是她从小学时候就明白的事实。每年期末无外乎的是低空飞过。"我会去找人帮我补习一下的。"毕竟才高一，期末成绩上就有红字总不是件光彩的事。—_—b

"何必找别人呢，司马彬就可以啊。"扬了扬眉，康雯雯脸上堆着笑意好意地提议道。"司马同学的语文成绩很不错，你有不懂的可以去请教他。"每次考试年级前5名的上榜者，考试对他而言犹如啃大白菜。(^_^)

"找司马彬?!"

"是啊，我说过，我会支持你们的。"康雯雯耸耸肩，笑意中带着一丝促狭，"好好把握司马彬，他应该

是个靠得住的男孩。"校园似的清纯恋爱一向是她所向往的，而且在她认为只要不耽误学业的话，一切都是好商量的，若是采取打压的态度的话，可能会引起反弹，到时候就不好说了。况且她本人也是如此，想她自8岁那年为了一台脚踏车和华矢纹这个命定的死敌相遇，后又结成未婚夫妻。好在最后她爱上了华矢纹，死敌变成老公，否则她大概至今还会唾弃年幼的自己居然只为了脚踏车就把自己给卖了。＊^__^＊

"噶?"不自觉地眨眨眼睛，张佳乐有种下巴掉地的感觉。她怎么觉得像老师在帮她制造机会啊。"但是……"

"总之下次考试，起码来次及格的成绩。我相信司马同学的能力应该能帮拉到及格水平。"

这——算是变相的支持吗? —_—b

36分，足以泪洒黄河的成绩，若真的不找人帮忙补习，抓重点。想要在下次考试考出60分的成绩，根本就等于痴人说梦话。T_T

"司马彬!"一手推开学生会办公室的门，无意外地看到了目标人物。(^0^)

"来了?"头呈着45度角微微扬起，身子的重心靠在书柜上，乌黑柔顺的黑发随着窗口吹进的风轻轻浮动，白色的衬衫配上深兰色的制服，宁静中透着典雅的

贵气。

美！强忍住吹色狼口哨的冲动，张佳乐定定地盯着司马彬猛看。每次看着他的这张脸，总会让她有种想要珍藏起来的冲动。*0*

"如果我有你这么美就好了。"她不无感叹道。虽然这年头中性化的美也挺流行，但若一个女生入学以来还不到一年的时间就收到137封情书，她就不会想要中性化的美了。—_—#

"美?"微微挑眉，他看着她，"没有必要谁像谁，你就是你。"像她自己，那就够了，她是第一个说要让他明白疼痛的人，所以，他期待。

"那是因为你自己已经看惯了你自己，所以不觉得有什么。"手不自觉地爬上了他的脸，扶上了他的脸颊。好细腻的皮肤，比起她要好得多。成为男女朋友最大的好处便是她可以光明正大地"吃"点他的豆腐，并且不会被他所拒绝。(^_^)

任由对方的手指抚弄着他的脸颊，司马彬看着张佳乐，"怎么没去参加社团活动?"这个时间段，她该在篮球社而非是学生会。承文、宁泉、今一，都有各自的社团活动，只有他没有参加人任何的社团。也因此，每天下午放学后的一个小时内，待在学生会的通常只有他一人。

嘎?!张佳乐这才猛然想起自己来这里的目的。"那

个……麻烦……"她收回了"吃"豆腐的手，双手合十道，"拜托，救命!"～～>_<～～

"嗯?"微微皱眉，他不解她的意思。"要救你什么?"很少看到她会这样，至少在他面前，她一向都是活力充足，很少说话会这样支吾。

"是……这样的。"舔了舔唇，她考虑着该怎么说才比较恰当，"我的文化课一向比体育差点，其中最差的又是语文。这次考试的成绩不是很理想，所以想……麻烦你……"⊙.⊙

他微一扬眉，等着她的下文。

"麻烦你帮我补习。"

"要我帮你补习?"他总算明白她的意思了。

"对。"她点点头，"因为如果这次没人帮我补习的话，一个星期后的国文考试我铁定完蛋。"基本上，她也在怀疑，为什么她的脑袋里缺少了点文化细胞。—_—b

"把你这次的考卷给我看一下。"放下手中的原文书，他对着她道。

她欣喜地望着他，"你答应帮我补习了?"。

"你希望的，不是吗? 把你这次考试的考卷给我看一下，我好大概知道你现在的水平。"单手撑着办公桌，他伸手朝她要试卷。

"呃……"她犹豫了下，要在喜欢的人面前拿出36

分的考卷也是需要有一定的勇气的，抿了抿唇，从书包里掏出了试卷递给他，"考得不是很好。"她自我解释道。确切点说应该是烂到了极点。=^_^=

36分的的试卷，红灿灿的分数，他接过试卷，随意地瞥了眼上面的分数。"你希望下次考试考出什么样的分数？"

"60，及格就好。"恐怕光是这个，都不太能够达到。~_~

"那么，这个双休日，到我家来补习。"

收起试卷，他轻弹着手指下着结论。

第六章　爱我就走过来

把你融入我的世界
在熟悉中
体会着你的——
所有一切

仿欧式的建筑风格，精雕细刻的铜柱以及精心打理的花园，让人错觉以为置身于风景画之中。

⊙.⊙她——该不会是跑错了地方吧。张佳乐瞪大眼睛望着眼前的一切，不自觉地咽了咽口水 0_0。她是听妮妮说过他家很有钱，司马集团她也不是不知道。但是这也未免太有钱了点吧。尤其是这个地段根本就是寸土寸金，普通人想要在这里买一间小小的公寓都很难，更何况是这样的一幢别墅和大片的花园。

"那个——这里真的是你家？"舔了舔唇，张佳乐用

手肘撞了撞司马彬问道。这种风景以及这种建筑，总觉得该只有在电视和电影中才能看到。?_?

"是。"简单的回答，他领着她越过花园。

好吧，这是想也知道的回答。张佳乐吐了口气，眼睛继续四处张望着周围的一切，露天的游泳池以及那些唯美的雕塑，还有精心整理过的草坪，"你……不觉得你家未免太大了点吗?"咋咋舌，她说道。看来贫富差距果然还是有的，比起她家只有100多平米的三室一厅而言，他的家大得过分 _—#。

"会吗?"他不置可否的反问道。直接领着她走进大门。

"当然——会!"老天，不光有着欧式的别墅大宅，在别墅里更有着大批的佣人。若是现在他说他是总统，恐怕她也会相信。

死瞪着整齐排列在门两边穿着制服的一大帮佣人，张佳乐僵了僵身子。被如此"列队欢迎"恐怕还是她的第一次 :P。

"少爷是先回房吗?"一个像管家样子的中年男子已经一个跨步上前问道。

"嗯。"点点头，司马彬回道。"等会不要让人来打扰，有事情我自然会吩咐。"

"知道了。这位是张小姐吧，我是这里的管家吴德，你叫我吴管家就可以了，如果有什么需要的话，请尽管

吩咐。"吴德对着张佳乐礼貌地介绍道。

"哦……好。"基本上，她此刻依旧处在震惊状态，除了点头应好之外，也很难说出别的词汇。?_?

任由司马彬一路领着来到他的房间，张佳乐坐在书桌前，长长地吁了口气，"你家好有钱。"*0*这是她到现在唯一的感叹。

"大概吧。"他随意的应道，身子斜靠在落地窗前。淡金色的光芒透过窗子洒在他的身上，形成着一片奇特的光晕。

"什么大概，根本就是，光是你这个房间，大概就可以抵我一个家了。"仅仅是一个私人房间，就包括着浴室、卧室、书房、日光室，若这还不算有钱，那她干脆直接把名字倒过来写得了。

"果然还是有钱比较好。"只不过被那么多的佣人围着多少还是尴尬了点。

"你喜欢钱？"他奇怪地瞥了她一眼，开口问道。会吗？她会是和别的女人一样，接近他只是为了司马集团的那份财产。因为他是司马集团和沈氏唯一的继承人？

:P"这——倒也不是。"说得她好像多市侩一样，"钱多点当然可以更好的享受生活，多找点开心的事情来做，不必担心生活问题。"她吐吐舌尖道。

"钱多并不代表开心。"直起身子，他轻抚了下额的发，钱对他而言得来得太容易，甚至往往只是股票上的一次投资，一次转手，就可以赚到上千万的钱。

可是没钱一定应该很不开心才对……张佳乐内心这样想着，可很快她的注意力就被眼前的美色给勾走了。唉，为什么看了那么久的他，却还是会忍不住为他某个不经意的动作而心悸呢？呆看着司马彬，张佳乐脸不由得一红——美人如斯，夫复何求?! <@_@>

"怎么了?"

"没……没什么。"她慌乱地摇了摇头，却依然舍不得把眼光移开。 =^_^=

"没发烧吧。"她脸上扬起的酡红让他皱了皱眉，走上前一只手平贴着她的额际量着她的体温。

"没——发烧。"

可是某人体内的温度因为他的动作而迅速升温。危险！若是这样的姿势保持的时间久点，难保她不会当场喷鼻血，酿成千古遗恨。 +_+

"真的?"他怀疑道。她的脸在他的手心下明明显得有些灼热。

"真的。"她头点的肯定。"要是我有什么不舒服，一定会和你说的。"只不过，若这样的姿势再维持下去，没事也会变成有事。"我看我们现在开始补习国文好了。"

她的话让他放下了平贴着她额际的手，静静地盯着她看了会，司马彬走到书桌前，从抽屉里抽出了一份已

经打印好的资料。"这是我根据你们的课本还有你上次的考卷列出的重点。你先把上面的题目做了，有不懂的话就问我。"

"哦，好。"张佳乐接过资料，点头应道，顺便从背包里取出了笔。本以为补习只是他从书上挑些重点给她讲，没想到他居然还特意把重点的方面打印成一份资料给她。

"这是你特意整理出来的?"

"拿到你考卷的那天晚上整理的，前天再做了一下最后的修改。"从书柜里抽了本经济学的书，他拉了张椅子在她身边做下。

心有点热，他的不经意却往往能让她感动 T_T^。于是一个拿着笔趴在桌上写，一个捧着书低着头看。三分钟后，埋首于资料里的脑袋微微抬起，"'若夫日出而林霏开，云归而岩穴暝，晦明变化者，山间之朝暮也。'中间的那个'暝'是什么意思?"

"昏暗，阴的意思。"抬起头，司马彬瞥了一眼张佳乐手所指的地方道。"这里是用排偶句的方式写书两幅对比鲜明的画面。'开'、'归'、'暝'三个字来表达山有晦有明，交替变化的朝暮景象。"

"明白了。"她点点头，目光又不自觉得飘到了他的身上，近在咫尺的俊颜，真的是百看不腻，每个角度的他，像他，却又仿佛带着点不一样，让她总是觉得新奇

而想要看他的更多面。< @ _@ >

挺直如希腊贵族般的鼻梁，在侧面之下更显挺拔。

"看什么?"太过专注的目光想要让人不在意都难。

"看你。"她答得顺口。抬起一只手撑着下巴让自己看得更舒适。"真想不通，你究竟是用什么保养你的皮肤的。"一个男人若有比女人更细腻的皮肤，那就让人嫉妒了。~ _ ~

"你来是补习的吧。"合上书，他提醒着她来的目的。她在意他的脸仿佛胜过他本身。往往她沉迷地看着他脸的时候，总是会想，若是他没有这张面庞，不知道她还会不会看得如此专注。

"是啊，不过你比较好看点。"对与看帅哥，能看则看是她一惯的原则，否则也不至于从小到大成为老师办公室里的常客。 = ^_ ^ =

好看?! 他的手抚着自己的面颊，侧过脸凑近她盯着她，"我的脸值得你这么在乎吗?"他从来不觉得自己长得如何好看，但她却总用着沉迷的眼光盯着他看。

"在乎你的脸不好吗?"张佳乐依旧目不转睛地道。自小养成的看帅哥癖不是一朝一夕可以改的。只不过，自从看到他之后，便总会不自觉的想把目光停留在他的身上。 = ^_ ^ =

"那么——如果我的脸变了，留下了伤疤或者老了，有了皱纹，你还会这么在乎?"朝如青丝暮成雪。人会

老，再好看的容貌都会有老去的一天。

"可能吧，毕竟我很喜欢你。"她转了转眼珠道。喜欢他，是最自然的心态，她喜欢现在的他，而至于以后的他，她没想过，也许会一直喜欢下去吧。^V^

可能么？司马彬的眼眸黯了黯，亦就是说，她也很可能会因为容貌的变化而淡去喜欢他的这份心。从什么时候开始，他竟然已经开始在意她究竟是不是喜欢她？这真是荒谬透了。

因为她说过会让他明白疼痛的感觉。所以他才承诺她，他会尽量的让自己去爱上她，而今，他是爱上了吗？所以才会开始有了那么点的在意。

"是吗？"他轻轻地撇了一下嘴，一丝发从耳际垂落下来。

"有什么不对吗？"她习惯性地手去抚过他拇指上的白玉戒指 ?_?，丝毫没有注意到他的异样。自从注意到他手上戴着的戒指后，每每靠近他的时候，她的手总会不由自主地去抚过那戒指，冰凉的透感，却又带着一丝温润。T_T^

"没什么。"他淡淡道，"你很喜欢这戒指？"已经分不清这是她第几次抚弄着这象征着家族继承权的指环。

"喜欢啊，很雅气的感觉。"晶莹剔透得没有一丝瑕疵，即使对赏玉并不在行的她，也能看出这戒指的价值不菲。"这种古戒现在很少见呢。"在她看来只有老人还会戴着这样的古戒，但是由他戴起来却没有任何的不协调感，反而如同天经地义般的自然。

"要吗？"他转动着戒指轻问道。

?_?噶？猛然地一愣，张佳乐开始感觉自己有种被口水噎住的感觉，"你要把这个东西——给我？"是她的语言接收能力有问题还是他说错了？0_0

"有什么不可以。"他微一扬眉，然后仿佛又带了些不快，"还有，这不是什么'东西'，这是我们家的传家之宝。"

"对、对啊……你不是说这是你家族继承权的标记吗？"

"既然已经决定由我来继承了，那么有没有这戒指并不重要。"如果没有意外的话，他可能二十岁之后就会去承担起这家族的重担吧。

商业，他不感兴趣，却又不得不去做。一句简单的"天赋"，往往可以决定一切。

拔出手中的戒指，他把它套在了她的拇指之上，宽大的戒指，他戴刚好，由她来带，却显得过分宽松了。

细长的手指，小巧的骨节，即使有着中性化的面庞，但手依然是双女性化的手。

"为什么要把这个送我？"搔了搔头，张佳乐盯着司马彬问道。她只不过是随口说了句喜欢，他便把这戒指送给他，实在是很出乎她的意料。况且——戒指，总感

单眼皮的[鱼]

觉是一种承诺般的东西。

"没什么原因，想就送了。只要你不要忘记曾经对我说过的那些话就可以。"

"话?!" ?_?

"我允许你追上我，但是，你也要让我体会到疼痛的感觉。"因为她是唯一对他说过这些话的女孩，所以，他可以停下脚步等待她的追逐。如果她真的能让他体会到疼痛的感觉，那么他会爱她，用他的一生爱她。

是啊，她记得，她对他说过这些话。初听到他没有痛觉神经，她惊讶。在她看来，人都该有痛，即使是没有痛觉神经的人，依然也会有他感到疼痛的方式。如果不只这样的话，那他一定是哪里出了问题——啊啊，，这么完美的人却有这么可怜的地方啊！

"你真的那么渴望知道那种痛吗?"人人都希望少痛少病，但他却偏偏相反。

渴望? 呵，一个不错的名字，"人对于不知道的事情永远有着好奇，我也不会例外，也许这也是我现在唯一所会在乎的事情吧。"俯下身子，他的脸凑向她的，手指划过她的脸颊，"你答应过的，所以——你要做到。"而他，期待着那份疼痛。

温润的呼吸，淡淡的清香和那魔魅般的低沉嗓音，荧惑着人的心，愣愣的，张佳乐看着近在咫尺，触手可及的容颜，粉色的薄唇在她的面前一张一合，让人想要一亲芳泽。

"怎么办？我想吻你诶，司马彬。"话不自觉地脱口而出。 =^_^=

"喊我彬。"魔魅的嗓音纠正着她的称谓问题。荧惑更深一步。

沦陷了……唇渐渐地凑向了他的，双唇的碰触，她逸出满足的叹息，喜欢的人，总会让人想要碰触想要拥有。吻他，是她第一次主动。原来，主动吻着对方的感觉会是那么好，让她感觉他是属于她的。

魅然的凤眼带着一丝复杂地凝视着已贴上自己的人儿，司马彬没有抗拒得任由对方吻着自己。没有厌恶，也没有不快，反倒是有着一点点的期待。

期待?! 他期待她吻他？亦或者是期待她的主动？

缓缓地闭上眼眸，他回应着她的吻，尽管两人佣吻过好几次，但她却依然显得生涩。

右手抬起，他搂住他的腰，舌尖轻轻地翘开着她的贝赤，吸取着她口内的芬芳……

浓密的吻，让人想要沉醉，交换口水的礼仪，竟然会是如此的美好。她可以感觉到他的手搂着她的腰，有力而安全，以及……碰触着她最为敏感的胸部上……

等等……胸部?! 猛然地张开眼睛 0_0，她呐呐地看着平放在她胸部上的手掌，俏丽帅气的脸庞刷的一下涨红 =^_^= 。"你……"这种色狼式的行为，怎么看也不

像是他这种人会做出来的啊。

"我只会做到这步而已。"没有放下手，司马彬抿了抿唇道。

但——虽然知道自古以来男人都是感官动物，虽然她是好喜欢他，虽然她对于他这样的碰触也并不讨厌，但是……却会很尴尬。尤其是现在他的手依旧继续和她的胸部"恋恋不舍"，让她益发的困窘。

"可是……"

"啊！"推门声以及倒抽口气的声音响起在门边，同时也打断了张佳乐接下去的话。沈心死瞪着房间里的一男一女，不敢置信地倒抽凉气。0_0

如果她眼睛没花的话，那人应该是她儿子，只不过，实在很难想象，彬会对女孩子做出这样的行为。即使儿子自小便有不少女生追逐，但从来都是保持距离。清心寡欲得害她还一度以为儿子是同性恋中的一员，哀叹了不少天。如今看来，她以后还是有希望能够抱到孙子的。

一声的"啊"让贴合在一起的两人迅速分开。张佳乐身子一僵，整个人从司马彬身边迅速的弹开，而司马彬则慢慢地抽回手，转头看着站在房门口的母亲。

"咳！"一声清咳，沈心化解着沉闷的气氛，"你是彬的朋友吧，我是彬的母亲，你叫我沈伯母就好。"

"沈伯母好，我是司马……呃，彬的女朋友，张佳乐。"张佳乐脸色嫣红地朝着沈心点了一下脑袋。

단라출 믈쇼기

= ^_^ =

　　捉奸在床大概就是这种感觉吧，虽然现在地点不在床上，虽然他和她是正常的男女朋友，算不上什么奸情。但还是让人想找地洞钻。

　　"你是彬的女朋友？"沈心带着一丝颤音欣喜道。

0

　　"是啊，我是 J 学院高一年级的，有次去学生会看到了彬，所以就……"张佳乐笑笑。由她来对男朋友的母亲解释这些，多少感觉奇怪了点。

　　"那你们现在……关系很好？"沈心同时笑了笑，彬会去交女朋友，总算让她这个母亲有丝欣慰。(^0^)

　　"应该——还好吧。"张佳乐抬起手搔了搔头道。戴着拇指上的白玉戒指反射的太阳的光线，让沈心不觉一震。0_0

　　"你……手上的……"

　　嘎？"哦，是这戒指吗？我是先戴着玩一会，马上还给彬的。"张佳乐开口解释道。毕竟这怎么看也像是传家宝之类的物品，虽说彬把它送给她，但也未免太过贵重，

　　"不用，我说了是送给你的。"一直站在一旁的司马彬淡淡开口道。语气中却有着不容置喙的肯定。

　　"可我……"

　　送?!"不用……不用还，彬说送你了就送你。"沈

心摆摆手道，"我先出去一下，失陪。"带着一点趷撞的脚步，沈心快步的走出房间。

而后，透过门板，穿来了高八度的声音。

"老公，彬把白玉戒指送人了！"^0^

呃，把家传的戒指送人是有点奇怪，但是也不需要用那种看怪物的眼神来看他吧？

自从被刚才在房间被发现那尴尬的一幕后，她便整个人被移驾到了一楼的客厅。两个人四道目光盯着套在她拇指中的白玉戒指，让她的手抬也不是，放也不是。

"张小姐是我们家彬的女朋友？"终于，率先收回了目光，司马横岭作为一家之主开口问道。彬会把古戒给眼前的女孩实在是出乎他的意料，没有娇柔与甜美，有的是中性化而带着的一丝洒脱的帅气。

"应该算是吧……"瞥了眼一旁的司马彬，张佳乐答道，"还有，伯父伯母叫我小乐就可以了。"叫张小姐什么的，她反而好不习惯。

"那好。"司马横岭点头道，看了看没有出声否认的儿子。既然没有否认，那么就代表是真的了。"小乐，你对彬了解多少？"

"了解多少？知道他是 J 学院高中 3 年级的学生，虽然是学生会中的一员，但却没有担任任何的职务。每学年总成绩年级前五名的上榜人，司马集团的唯一继承人……"掰着手指，张佳乐细数着。唉……怎么越说下去就越觉得他完美无缺，犹如童话中的白马王子，配她好像是多少浪费了点。= _ =^

"没有别的了吗？"

"还应该有什么？"从妮妮这里听来的关于彬的资料她已经全报上了。

司马横岭转过头，盯着司马彬，"她知道吗？"短短四字，传递着父子之间明了的讯息。

"嗯，她知道，我对她说了。"司马彬回望道。

"那她……"一旁的沈心犹豫道。

"知道什么？"张佳乐疑惑道，他们的对话让她有种一头雾水的感觉。?_?

"就是彬的身体和常人有些不同。"沈心解释道。

"哦，这个，是知道。"点点头，她总算明白他们在说什么了。

"你不介意？"司马横岭讶异地抬了抬眼。0_0

"为什么要介意？只不过是没有痛觉神经罢了。世界上每个人都不可能和别人完全相同，我不觉得这有什么。况且，彬没有痛感已经很可怜了，我为什么还要介意呢？应该好好帮助他才是——我都答应彬了，一定会让他知道疼痛是什么样的感觉。"她大化而之地耸耸肩膀道。^V^

司马横岭赞许地盯着张佳乐。也许，这个女孩可以

単眼皮的[魚]

改变彬。没有如普通人般的退却，而是把彬当做常人般的看待。原本他还不明白彬为什么会把戒指送人，现在总算是懂了。

自小，彬的特殊体质造就了他早熟的个性，而他自己对于事业上的追求也使得自己和儿子之间形成了一道看不见的墙。虽然看不见，但是却实实在在的存在着。

也因此，对于这个儿子，他是即爱又无奈，往往想要拉近彼此间的距离却又不知道该如何下手。

"那么，欢迎你以后常来这里玩。"带着一丝肯定，司马横岭道。

这是一个值得让人承认的女孩。

高宅——

少女静坐在窗口，看着手中一张张的照片，每看一张，脸色便越发阴沉 >_< 。原本该是属于她的景象，却被另一个女孩所取代了。

"高小姐，你要的照片全在这里，还有你要我们去跟踪的资料档案我也带来了。"一旁穿着褐色皮衣，瘦小的侦探开口道。这次的任务是由一个十八岁岁的女孩出钱，倒实在在人的意料之外。在他看来，这类的跟踪一般都是抓些婚外情之类的。

不过，反正出钱的是大爷，既然对方有钱，那么他也不好多说什么。

107

"全在这里了吗?"高净滢捏了捏手中的照片问道。
. \/.

"是啊,跟踪三天的照片都在了。"只是回想起跟踪
时的状况,也委实心虚。每每拿起相机准备偷拍的时
候,总觉得镜头中的男人目光正直视着镜头,让他着实
出了身冷汗。但奇怪的是,男人的目光直视着镜头几秒
后,总是会再次得把目光移开,也因此,他才得以有这
么大叠的照片来交差。至今,他还搞不清楚,自己的偷
拍过程到底有没有被对方发现。—_—b

她的彬,本来如果没有张佳乐的话,彬会是属于她
的。她自信自己的容貌身材没有一样输给张佳乐的,即
使张佳乐在女生中颇受拥戴,但是有着这样中性化脸庞
与平板身材的她根本不配和彬称之为男女朋友。

"那好,我把支票给你。"从一旁的书桌里抽出一张
早已准备好的支票,高净滢对着瘦侦探道。自小的富裕
让她跟本就不愁这些钱。. \/.

"呵。"侦探一笑,伸手接过了支票。"如果以后还
有什么需要的话,请尽管开口。"这钱赚得委实容易。
^V

"好。"应允的声音微微扬起。她要的人是彬,而彬
也只该是属于她的。自小到大被犹如公主般捧得高高在
上的她,从来没有什么想要而得不到的。

司马彬——也不会例外。

第七章　原来已经这么深

时间原来可以如此的变化，
在流逝的分秒中，
惊觉到，
自己对你的在乎

秋风怡人，亦是睡觉的好时间，只不过当有人在你
耳边唧唧喳喳不停时，你就未必会觉得是睡觉的好时间
了，至少，对狄宁泉而言就是。—0—

学生会的办公室，美其名曰是学生会的人办公的地
方，但同时，也是学生会的人逃课的地方。谁叫 J 有着
这么奇怪的校规，只要学生实力够强，上不上课无所
谓，毕业证书照发不误。也因此，学生会中的几个人，
平均出勤率绝不超过 15%，即使是老师眼中的好好学生
叶承文，出勤率最高的一个学期也就 20%。

偌大的办公室里，细碎的声音自下午开始就没有停过……

"这里怎么样？"女声扬起，手似乎在摸索着什么。

"没。"男声回话，夹杂着翻书的声音。

"真的没有？"女声继续道，手指再接再厉地努力着。

"恩。"男声的声音中透着一丝无奈。—_—#

"那——或许应该再上面点，也许上面的神经会比较敏感点，这样你就会有感觉了。"女声自言自语地说道，而后手渐渐地爬到了对方的肩膀上，寻找着"可捏"之地。"这样呢？有感觉吗？"而后在看到对方一脸淡然的表情后自动着收住了口。 -.,-

"那——换个地方好了。"此处没感觉，自有感觉处。纤纤玉手一路下滑，滑到了对方的脊梁上。"这里呢……这里怎么样？"

"你还不如直接在他的脸上捏一把，那里的肉最敏感了。"终于受不了地翻了翻白眼 e_e，狄宁泉动了一下窝在沙发中的身子。一个下午躲在学生会里，听到的不外乎是这几句台词。他不是圣人，没有定力好到可以充耳不闻的地步。本想到学生会里睡个午觉，谁知道却成了自找罪受。—_—b

捏脸？！那还不如一刀砍了她自己算了。张佳乐撇撇嘴对着狄宁泉翻了个白眼，对于这样的一张俊脸，就

是她心里说服自己下手去捏，估计手也不会按命令行使的。

"你确定是真的是来这里补习你的语文的？"狄宁泉怀疑地看着张佳乐。一个下午，她所做的动作只能让他联想到三个字——性骚扰。

"当然。"扬起了手中握着的资料，她说得理直气壮。再过两天就要考试了，也因此，下午的自修课特意溜到学生会来进行最后阶段的补习。毕竟比起她一个人在教室里自修，这里效果要好得多，起码有不懂的可以直接问彬。"不然我拿着怎么一大叠的资料来学生会干吗。"=_=^

"是吗？怎么我只觉得你一个下午唯一在干的事情就是捏人而已。"一个下午，估计彬身上的淤青呈等比上升了。?_?

"反正看资料用的只是眼睛，手可以空着啊。"换言之，她这是不浪费时间的最好做法。即动眼，又动手。^_^

她说过，会让彬知道疼痛的感觉，但是对于一个没有丝毫痛觉神经的人来说，怎么样才会有痛的感觉她却又不得而知。于是乎，只好运用最原始的手段，捏皮掐肉，以期能够让对方感受到那一点点的疼。^V^

不过，任何的理论总是要在实践中才得以证明的。整个下午，他没有感觉到任何的痛，她却有一双手快报

废的感觉。看来，下次她应该换个方法才对。>_<

这是什么理论，狄宁泉忍不住地翻了翻白眼。还好她不是他的女朋友，若是他的，恐怕两人天天会像火山爆发一样。基本上，他还是比较喜欢小猪妹这种女孩，虽然爱吃了点，但却不失可爱。

想起小猪妹，便不由自主地想到了再过几天的文化祭，谁可以想得到，英明一世的他，居然会敌不过小猪妹的几滴眼泪和羞涩一笑，居然会答应那种事情……—_—#"彬，你说如果我文化祭的话突然失踪，情况会怎么样?"晃了晃一头璀璨的孔雀头，狄宁泉一手搭在司马彬的肩膀上问道。反正学生会里，基本的大小事情都会问一下彬的意见。

"失踪?"司马彬微一愣道，而后恍然大悟般的淡淡一笑（^_^)，"该不是为了文化祭你要演出的事情吧。"谁可以想得到，顶着一张可爱娃娃脸，随意洒脱不受拘束的宁泉居然会答应戏剧社的邀请，出演罗密欧与朱丽叶中的朱丽叶，让全校师生跌破眼镜。0_0

"不然你觉得还会因为别的什么事情吗?"狄宁泉没好气道。对错成败往往在一念之间，若非那天头脑发热地因为小猪妹的哀求而答应，现在也不至于自我后悔到想要落跑的地步。—_—#

"如果你真的搞失踪的话，估计你事后会后悔上一个星期。"司马彬道。对于狄宁泉和他口中的小猪妹的

事情他也或多或少的知道些。可能正是什么锅配什么盖，即使不羁如狄宁泉，终究会有被套捞的时候。

也对，若是他真的玩个什么失踪的话，小猪妹铁定会当场哭给他看，然后剩下的一个礼拜可想而知他会在眼泪中度过，直到他郁闷到吐血为止。"真不明白，我到底哪点适合演朱丽叶了。"

185公分的身高，以至于演罗密欧的都比他还要矮上10公分，这样的组合，实在很难让人觉得会有怎样好的舞台效果。

"不过戏剧社的门票已经全部销售一空了，你的演出想来应该会造成轰动，哈哈！"一旁的张佳乐插口道。狄宁泉参加这次文化祭戏剧社的演出已经是够让人吃惊的了，更搞笑的是他居然还反窜女主角。凭心而论，狄宁泉的五官亦是属于中性化的那种，娃娃脸的脸庞和秀气的眉眼，若不是那头乱得可以媲美孔雀和稻草的脑袋，相信可以迷倒更多的人。

"你很希望看到我的演出。"磨牙的声音响起。.\/.

"期待中！"戏谑的声音持续着。至少销售一空的票里她也买了两张。^0^

"姓张的！".\/.

"怎么样？"某人把头倨傲地一扭，压根不介意孔雀头的张牙舞爪。= _ =^

古书说得不错，唯女子和小人难养也，"至少比起你们班那摆摊位卖点心来，要好得多。"这种时候，男性的尊严是能维护点就维护点，虽然连他自己都不觉得他演那个什么捞什子的朱丽叶比摆摊位要好。~ _ ~

"谁说的，我倒觉得摆摊位的点子比较好。"

"会吗？我怎么不觉得。"

"那是你……" > _ <

"乐乐，先复习你的国文吧，再过两天是你的国文考试，而文化祭则是下个星期的事情。"坐在椅子上的司马彬终于开口道。若是再让他们两个继续说下去，难保这里不会变成战场。

"安啦，有你整理的重点提纲，应该不会倒霉到考不及格。"大咧咧地摆了摆手，张佳乐耸耸肩膀道。几天的国文补习下来，多少感觉比以前要进步些。"对了，彬，这次的文化祭如果有空的话，能不能陪我逛逛。"转过头，她看着他，提出了邀约。

"如果这次的考试你能考及格的话。"敛了敛眼眸，他开出了条件。

"真的？"

"恩。"如果她想逛的话，他会陪他逛的。

考试，带着紧张的气氛。一题，会做；两题，会做；三题、四题……一路往下，转动着手中的笔，张佳

乐飞快地写着答案。= _ =^

　　实在让人很佩服司马彬的猜题能力，列出的重点基本都能考到，若是他以此来赚外快的话，相信会有不少的收入。

　　看来这次考试要及格真的不是太难，文化祭的时候她可以和彬好好逛逛校园了…… ^^V

　　"考得怎么样？"这是考试一结束，她飞奔到学生会有司马彬对她说的第一句话。

　　"感觉还不错，应该能过。"这下子可以不必担心期末这门课会被当掉的危机。- . , -

　　"我发现你真的很厉害，试卷上有 80% 的内容都在你列的资料里。"也因此，她才能有惊无险。^_~

　　无怪乎他虽然出勤率超低，但依然稳坐年级前五名之列。

　　只不过，考试能够安然度过却并不一定代表万事美好。手上握着刚发下来的 72 分考卷，张佳乐死瞪着双手合十，整个人几乎趴在她桌上的班长。

　　拜托，如果她曾说过文化祭摆摊位是个好主意的话，她现在绝对要全盘收回这句话。

　　"你确定你刚才没有说错话？"询问的声音再次扬起，张佳乐怀疑地问道。

　　"应该——没有说错。"强忍住拿纸巾擦汗的手，班长舔了舔有些干涩的嘴唇道。—_—b

"那就是我听错了?" 0_0

"应该——也没有听错。" 至少这种表情显示她应该是没有听错他的话。

"那么说你是真的打算叫我扮男人去卖糕点?!" 高八度的声音尖锐响起，张佳乐反手指着自己道。扮男人，有没有搞错啊。她不扮已经够像个男人了，若再故意化装成男人的话，那估计她这辈子都不用想嫁出去了。 >0<

"呃……那个，不是我，是班里同学的意思。" 班长急急地撇清道。毕竟此刻对着炮口的人是他，一个弄得不好就很有可能尸骨无存。^V^

"班里的意思?" ?_?

"再加上班委的讨论决定的。" 献媚的笑显现在班长的脸上 $_$，"全班一致认为只有你最适合这项工作了，如果你能稍微……呃，打扮一下的话，相信我们班应该可以在文化祭比赛中得个什么名次的。"

全班一致，这么说妮妮也有同意了? 转过身望着一旁的死党卫月妮，张佳乐皱着眉道，"妮妮，你也有同意?" 如果是的话，她绝对会马上让她体会体会什么叫做"友情"。T^T

"不算同意，只能算是附议而已。" 卫月妮略显无辜地摊了摊手掌道，"一件事情如果全班都觉得好，那么若某个人觉得不好的话总会感觉不合群。" 换言之，她

同意是应该的。

吐血，这是什么话啊。T^T

"况且，我觉得你扮男生卖糕点也是个不错的主意，至少不怕那些点心卖不出去。"毕竟现在这种中性打扮更能吸引人，若是她直接以男生打扮出现的话，绝对会吸引很多学生的。

"我是女生！"性别要郑重表明一下。.\/.

"是是是，你是女生……地球人都知道啊，只不过是要你在文化祭的三天里暂时扮个男生而已。"卫月妮吐了吐舌尖道。老实说，她对与小乐男生装扮也颇为好奇。她平时女生的装扮就够帅倒一大片了，若是故意扮成男生，不知道会帅到何种地步。

"是啊，只是暂时而已嘛，我们连男生制服都已经帮你准备好了。"班长顶了顶鼻梁上的眼镜附和道。^V^

男生制服……张佳乐抬起手揉了揉额角，"那你们为什么不自己去卖糕点，班里男生又不是没有，最起码你就是个男的。"手指着眼前的班长，她噼里啪啦地爆道。T^T

如果是让她以女生打扮去卖点心她倒也不反对，但居然要她以男生的扮相去卖。平时像个男生已经够郁卒了，她没打算让自己男性化得更彻底。

这——，班长强咽一口气 —_—#。他是男生，但偏偏这个男的还没她这个女的在女人堆里吃得开，真是英

雄气短，徒增伤心。若是他能上的话早就上了，哪里还
会在这里当炮灰。

"这是班里的决定。"事到如今，也只能用这个来说
服一切。"凡是以大局为重"已经是名句中的名句了。
T_T^

"如果我不肯呢?"她的男性荷尔蒙已经够旺盛了，
不必再多添一点。本来以为狄宁泉在文化祭里扮朱丽叶
是件好笑的事，现在看来，她也没比他好到那里去。
~_~

"那么这个学期你的道德评定可能会不是很好。"策
略由此展开。~_~

卑鄙，居然拿这来压她。张佳乐受不了地翻了翻白
眼。所谓的道德评定是每个学期期末先经过自己的评定
再交由班委来评定，最后教给老师评定。本来这是无关
紧要的东西，但是一旦若是成绩不行的话，那么道德评
定就显得很重要了，往往老师会看你的道德评定来决定
你及不及格。

也因此，对于她这类体育和文化课成反比的人来
说，道德评定显得犹为重要。

"真的一定要我扮男生?"她这是犹不死心的挣扎。

卫月妮无限同情的看着死党，"我想——是的。"

文化祭，看来会很精彩! p^0^q

悠扬的乐声轻柔飘散，荡漾着人的心情。若大的礼堂，宁静中带着音律的跳跃，如梦似幻。

一手撑着下巴，一手抚弄着挂在脖子上的白玉戒指，张佳乐看着手指灵巧得拨动着小提琴的司马彬。一个星期中，他总有些时间会在这礼堂里度过，拉着小提琴，犹如油画中的人物般，唯美得让人觉得仿佛不存在于现实世界中。＊0＊

白玉的戒指是他所送，不过男人的手和女人的手毕竟还是有差异，在他的手上戴着大小正好，在她的手上却显得松垮。为了怕不小心从手指上甩出去，于是便向老妈讨了跟白金项链，把戒指当成坠子，挂在脖子上。

"你觉得我像男人吗？"伴随着轻柔的乐声，她歪着头开口道。虽然不想承认，但不可否认，每次照镜子的时候，总是会想，若是脸再圆润一些，若是嘴唇再丰满些，若是也有这长长的秀发，她是不是会更像个女孩子。

"怎么说？"她的话让他抬起头来。停下了手指的动作，司马彬疑惑地盯着张佳乐。

"你难道不觉得我在外型上比较偏向男生吗？"洗衣板的身材和172的身高，还有那削薄的短发，会让人误会错性别并不奇怪。⊙.⊙

"不会。"他肯定道。手指轻触着琴弦，发出了一声清脆的声响。"至少我不会去吻一个男人。"在他的眼里，从来都没有把他当男人看待过，即使在初次的见面，她在他面前也是女人的身份。

"……"她的脸因他的话而微微一红 =^_^=。"彬，你有喜欢上我吗？"她清了清喉咙开口问道。

在她知道他没有痛觉神经的那一刹那，她说要让他明白疼痛的感觉，而他则许下承诺，会让自己喜欢上她。

疼痛——只要让他明白那份痛楚，他便会来喜欢自己，那么，若那天对他说这番话的是别人，一切的过程是不是就不一样了？

"不知道，或许有吧。"缓步走到她跟前，他把手中的小提琴放回琴盒里。

"如果……那天我没有对你说那番话，没有说什么一定会让你明白疼痛的感觉，你也会让我追上你吗？"或许她也会成为如同高净滢一样的人，喜欢，却不会拥有。

黑色的眼眸微微一抬，他若有所思地盯着她，"但是你说了。"她说了，便使得一切都不一样了。他允许她走进他的世界，因为那些话还不曾有第二个人对他说过。

是啊，说过了，所以她才能站在他的身边。甩了甩脑袋，她轻抚着耳边的短发，"如果我把头发留长些，会不会好点，起码比较像女孩子。"她岔开话题道。不

想继续去想她能成为他的女朋友的真正原因。

他的手覆在她的手之上，划过她的发，"我从来不觉得你像男的。"淡淡的语气，却莫名地让人觉得安心。

"但……"她斟酌着该如何说明一些事情，"这次的文化祭，你可不可以上午不要来我们班的摊位，我下午在和你一起去逛摊位，好吗？"

"为什么？"剑眉一跳，漂亮的单凤眼中带着疑问。

"因为……因为……"

"恩？"

"我到时候会穿着男生的制服。"深吸了口气，她报出答案 =^_^=。她实在很不想让他看见自己男性化的打扮。毕竟本来长得就够男性了，若再可以追求一下 >0<，那以后恐怕真的没人把她当做女人了。"因为全班的一致决定，所以文化祭三天内，每天上午我会穿着男生的制服卖糕点。"而目的，不外乎是去吸引那一大票拜倒在她校裙下的学姐们。

"那又如何。"他毫不在意地耸耸肩。"在我眼里，你只是你而已。"

因为是她，所以，他可以停留下自己的脚步。

略微细长的双眉被微微地勾浓，褐色的眼影让五官更加的立体，惑人的眼眸和那似笑非笑的薄唇，配上深色系的校服，完美得让人心叹。

也因此，无怪乎高一年5班的摊位前挤满了大票的学生，毕竟不是什么时候都能看到张佳乐的男生打扮。⊙.⊙

"小乐，我要两份鸡蛋糕。"

"我一份草莓口味的。"

"我来一份玉米浓汤。"争先恐后喊声使得张佳乐忙得晕头转向。

忙！真的好忙！能用来形容眼前状况的真的只有这个字。也许她真的比自己想象中的还要受男生女生的欢迎。"妮妮，你就不会过来帮我一下吗?"手上不停地包着糕点，张佳乐朝着身后空着双手的卫月妮喊道。>0<

"我也想啊，但恐怕她们不会乐意。"抬起手指了指排了长长队的一大票人，卫月妮很无辜地道。所谓醉翁之意不在酒，既然人家明摆着是为了小乐而来，她若去贸然帮忙的话，很可能被人活活踹死外加被口水淹没。

不过——真的没想到死党打扮成男生的样子会如此之帅气。平时，虽然小乐是比较中性，但中性化之中却依然还含有着一丝柔媚，而不像此刻，完完全全的以男生的形象出项，清而不淡，雅而不腻，给人绝对视觉的享受。*0* *0* *0*

"我看后面的两天你可能会更忙。"她几乎已经可以预料到好友接下两天的繁忙程度了。

也因此，当司马彬等人中午来找张佳乐的时候，她基本上只有趴在椅子上休息的份。

"累了？"一如平常般的清谈嗓音，司马彬开口问道。只是在语音之中，多了份别人不易察觉的关心。

"不是累，而是累毙了。"拿起小圆桌上的矿泉水瓶子，她仰头喝了几口，有气无力地说道。一个上午，卖糕点卖得她两手发酸，想来她的男生造型真的是"太"成功了，所以才会得此下场。

"你都不知道，现在的学生有多恐怖，男生是想来看笑话，女生是来凑热闹的。"她抱怨道。—_—#

他不置可否地挑挑眉，对着身旁的叶承文道："承文，这是乐乐，张佳乐。"前段时间因为承文有些事情，因此，每次乐乐去学生会的时候，总是没有碰上承文，所以这可以说是他们的第一次正式碰面。

"呵呵，常听人提起的名字。"叶承文微微一笑，开口道，"我是学生会的叶承文，你叫我叶学长或者承文都可以，如果以后有什么困难解决不了，就到学生会来找我好了。"说是常听人提起的名字，倒并非夸大其次，至少，就他所知，张佳乐在女生人群中真的很有名。

"那承文，你也叫我小乐好了。"张佳乐站起身子道。学生会里的第二把交椅，学生会副会长叶承文的名字她当然知道，只不过近距离的看却还是第一次，难怪学校风云榜上总会有他的名字，毕竟这种儒雅含蓄却又带着一丝危险的气质是别人想学都学不来的。然后，让人联想到的是，绝对不要成为他的敌人，否则会死得很惨。

"好，小乐，那我以后就这么称呼你了，欢迎有空多来学生会坐坐。"叶承文说着，目光不自觉地瞥向了对方脖子上所缠绕的东西：白金的链子下，挂着一个白玉的戒指。有点眼熟，这种通体接近透明的紫罗兰白并不是人人可以拥有的，在他的印象中，只有彬曾经带过这戒指。难道…… ⊙.⊙

迅速地回头瞥了眼身后的好友空空如也的右手拇指，"彬，你……"

"怎么了？"张佳乐奇怪道。对方的表情突然由笑转惊，仿佛看见了什么不应该看到的东西。

"没什么。"叶承文恢复神色，笑着摆了摆手，"我有点饿，能帮我拿个什么糕点的吗？"指了指几步开外的糕点摊位，他对着张佳乐道。

"没问题，你要什么口味的？"难得又有帅哥养眼，对方的要求自然是一并答应了。

"随便什么口味的都可以，只要不是太甜就好。"

"那好，你等下，我去拿。"话音才落，人已闪开。

"彬。"望着去拿糕点的张佳乐，叶承文静静开口道，"你真的把这戒指送她了吗？"家族继承象征的戒指送了人，所代表的意思自然非同一斑。

"嗯，是送了。"双手环胸，司马彬点头承认道。

"决定是她了吗?"

"不知道。"送她戒指只是当时想，所以就做了，即使到现在，他也依然没有后悔当时的举动。"我答应过她，会让自己尽量爱上她的。"而条件，则是她让他知道痛的感觉。

爱上?"难道你现在没有爱上吗?"叶承文审视着好友，爱，并非说了就可以做到，但却也不是想要做到就可以做到的。至少，他不曾看到过好友关心过哪个女生。

现在——他爱上她了么?抿了抿薄唇，低头盯着没有戒指的右手拇指，他爱上他了?有吗?会把戒指给她只是自己按心意行事罢了。

会那么简单吗?如此简单地就可以爱上一个人，但若是不爱的话，他又为什么会开始慢慢地在意起她。

微微抬起眼眸，司马彬回视着叶承文，"我想——也许是吧。"

花样的年龄，因爱而更加灿烂。

第八章　心因爱而跳

心情的起伏
昭示着不曾明白的事实，
爱上你，
在不知不觉中……

　　拿着纸袋，张佳乐挑选着叶承文所要的糕点，不太甜的口味的糕点是有几种，只不过男生究竟是喜欢吃什么样的口味呢？T_T^

　　"小乐！"一只巨掌当空拍下来，使得张佳乐的身子整个朝着右边倾斜着。0_0

　　"拜托，你拍得也太狠了吧。"转头看着身旁突然出现的不速之客——篮球社的社长李祥生，张佳乐抱怨地揉了揉被拍到的肩膀。

　　"嘿嘿，只是打声招呼而已。"搔了搔后脑勺，李祥生笑了笑道 T_T^。"听说你被你们班委派重要任务，穿着男生制服在卖糕点，所以特意过来看看。"身为篮球社的社长，关心一下自己的社员也是必要的，更何况小乐还是篮球社女子队里的重要灵魂人物。

看来她穿男生制服这事全校没有几个是不知道了，"你来这里只是为了看我？"包着手中刚选好的糕点，张佳乐狐疑地看着李祥生。如果只是看她的这身造型，她不以为他会大老远的从操场跑来这边。T^T

"当然……呃，还有顺便吃点东西。"李祥生指了指一旁摊放着的各类小糕点，"听说你们班的糕点味道还不错，不介意给我几个尝尝吧。"一个上午的跑跳，肚子早就已经饿得哀号了。

"你想白吃？"基本上这才是重点所在。

白吃？"只是免费品尝而已。"李祥生纠正道。

"这有区别吗？"她瞥了眼他。她实在看不出两者的区别在哪里。

"起码说起来好听点。来，小乐，我要这个，这个，还有那个……"人已跑到糕点前，李祥生指着大大小小的糕点开始进行着挑选。

"我们班是卖糕点的，要吃的话麻烦给钱。"若是多来几个他这样白食的，恐怕她们班的糕点摊位会倒闭。

"不是吧，我怎么说也是你的社长。"李祥生嚷叫道，"看在你当初进篮球社的时候盯着我看了三分钟的

份上，好歹多少来点啊。"那也是第一次，有女孩如此直接的盯着他看。直接到他被她看到脸红为止。 ＝^_^＝

"八百年前的事你居然还记得啊。"张佳乐放下手中包好的纸袋，从旁边抽出了一个新的纸袋，"算了，就当是我请客好了。"只是可怜了她的零花钱，等会又得贴到班费里去。

谁叫她对于帅哥一类的人免疫力少得可怜，而李祥生，多少也算是这一类的人，清爽的短发以及阳光似的笑容，加上常年运动而练就的结实身形，以至于让她在初进篮球社的时候，直直地盯着他看了三分钟。不过，真正想要把对方拥为己有的，彬还是第一个。

"呵呵，我就知道小乐人好。"媚笑的声音实在是狗腿得很。"当初同意你进篮球社果然是真确的选择。"手自然地搭着张佳乐的肩膀，李祥生哥俩好地道。

"是啊是啊。"张佳乐颇无奈地笑了笑 —_—#，"下次记得在篮球社比赛的时候帮我挡着那帮女生就可以了。"和这样的人成为哥们，不知道是幸还是不幸。

"OK，当然没问题，保护美女是我的责任。"

"你肯承认我是女的了？"张佳乐戏笑道。^0^

"你怎么不是女的。"吃人嘴软，拿人手短。不过不可否认的，在最初见面的一刹那间，在她直直地凝视着他的那三分钟内，他的心曾经异样过。小乐的五官虽然中性化，可以说帅气，但也可以说成是英气。在篮球场

上活跃的她，更是让人很难舍得移开目光。如同被光晕包围般，耀眼得绚目。

眼——凝视着眼前的一幕，司马彬脸色黯了黯，她从来没有在他面前如此地自然浅笑，如此地自然随性。呼吸有点闷 T^T，他渴望她用最自然的形态来面对他，可是她没有，却在别人的面前展露着他所不曾见到过的表情。

那个男的就是是谁？为什么能和她如此自然的交谈着呢，他们两人中荡漾着那种默契感觉刺激着他的双眼。.\/.

是什么？这样的心情，该是人们说的嫉妒吗？因为嫉妒，所以全身会有着不一样的感觉，沉闷的气息环绕在五感中，让人压抑。>_<

"彬，你没事吧。"一旁的叶承文出声道。站在彬身边的他，自然看到了眼前的一幕。甚少会变脸色的他，此刻竟然会带着一丝阴沉。也许——彬陷得比他想象中的要深吧。爱上——可能不仅仅是"可能"了，而是肯定了。

"我没事。"司马彬晃了晃头，仿佛要甩掉脑中的不快以及那份不曾熟悉过的压抑感。缓缓走到张佳乐的身旁，他打量着对方道，"乐乐，他是谁？"向来没有什么好奇心的他，却想知道眼前的男生究竟是谁。

"哦，他啊，是我们篮球社的社长，李祥生。"手指

了指一旁已经开始"吞"糕点的李祥生，张佳乐介绍道。"唔……我知道你，司马彬嘛。"吞咽下手中的小点心，李祥生朝着司马彬点了一下头。会知道司马彬其实并不奇怪，毕竟在 J 学院里，司马彬也算得上是有名的人之一，更何况前段时间小乐死追着司马彬，就算他想不知道其大名都难。不过，真正打照面的，却还是现在。

精致的五官，却没有脂粉气的感觉，挺直的鼻梁，散发着丝丝的贵气。深邃且独特的凤眼赔上挺拔的身段，可以想象小乐会死追着他的理由。"你好，我是李祥生。"虽说小乐已经介绍过了，但他还是再次地报上自己的姓名。

"司马彬。"微一点头，司马彬回了一声道。

"叶承文。"一旁的叶承文也接着报上了自己的名字。

……一片沉默，张佳乐整理的上午还没卖完的糕点，司马彬一个劲地盯着李祥生看，叶承文则是若有所思地审视着司马彬和张佳乐。而李祥生，则开始有种肚子饱的感觉。再好的美味，若是在过度强烈的眼神之下，恐怕没什么人能够吃下吧。毕竟这样的眼神，连让人想要忽略都很难做到。

"我的脸……没什么吧。"呐呐地开口，李祥生打破着沉默。?_?

“没什么。”话虽如此，但视线依旧未变。

他应该没那么奇怪吧，需要对方用这样的眼神看他。李祥生舔了舔唇，手中的糕点定格停在半空中，吃也不是放也不是。^V^

“小乐，有没有彩笔，我打算趁中午的时间画个宣传海报贴摊位前。”不远处，卫月妮朝着张佳乐喊道。

“我记得我有带，我去教室拿一下好了。”张佳乐回道，拿起了一旁包好的糕点递给叶承文，“喏，你要的糕点。”

“谢谢。”

“哪里，我现在去下教室拿彩笔，你们这里聊好了。”她笑了笑转身 -.,-，准备朝教学楼走去。

“等等。”司马彬开口唤道，“我陪你去教室吧。”高大的身子跨步赶上，然在人群之中，大手自然地护着她的腰，防止着她被人撞到。

是自然的表露吗？叶承文定定地看着远去两人的身影。也许正是因为习惯了，所以才会有那样的举动，那样不经意但却自然表露出的举动。

总算是能够正常吃东西了。李祥生长吁了一口气，咬了一口手中的糕点。刚才的那种视线，实在让人有种冒冷汗的感觉 —_—b。除了以前被小乐直直地盯着看了三分钟后，这次恐怕是第二次被人盯着看了那么久。

抬起头，他望着已经几乎快消失的背影，这样的背

影，真的是让人有点羡慕呵……（˘0^）

心，有点怅然若失……

"彬，下午有空吗？"走进空无一人的教室，张佳乐开了灯边走到自己的座位上边问道。

"有空。"清雅的声音淡淡飘散在空气中，高大的身子斜靠在教室的门边。

"那我们下午去逛文化祭好不好？"难得的文化祭，若是没有和他逛过，恐怕她会后悔到老死。^_^

灯光之下，他没有回答，只是静静地盯着她。是什么样的心情呢，从刚才开始就有着那份奇怪的感觉充斥了全身。不曾有够的感受，如果真的是名曰"嫉妒"的东西，那么又代表了什么呢。会爱上她，是他自己许过的承诺。?_?

然而，疼痛的感觉她还没带给他的时候，他便已经先爱上她了么？

"怎么了？"从书包里翻出彩笔，张佳乐抬头望着司马彬。他的沉默让空气的流动显得诡异。依然是那张精致唯美的脸庞，但是却没有平时的那份淡然，取而代之的则是一种不易发觉的压抑。⊙.⊙

缓缓的，他迈开步子，走到她跟前，单手撑着课桌，半俯着身子平实着她，"为什么你会对他那么笑？"轻柔低哑的嗓音，如鬼魅般飘进人的耳里。想要摆脱心中的那份不熟悉的感觉，亦想要明白她的心。

她的脸因他的靠近而微微涨红。能够近距离的欣赏他不啻是件好事，只不过现在的他，总感觉和平时有些不一样。"什么……呃，笑？"他的话让她有点莫名其妙。?_?

"李祥生。"他吐着才知道的姓名，"为什么你对他的态度可以那么自然，甚至可以有那么自然的笑。"他吃味道。不喜欢看到这样的情景，她最自然的一面，该展露在他的面前才是。毕竟她曾对他说过，她喜欢他，不是吗？她该是他的，人与心都该是他的。

长长的睫毛微微扇动了下，他……这是对她产生了独占欲？

"对他的态度？自然？"张佳乐眨了眨眼，终于反应过来他是在指什么 ^_~。"哦，你说他啊，他算是不错的朋友啊，平时没有什么学长和社长的架子的，人很容易相处，大家一起在篮球社里，早就混熟了，在他面前当然是很自然了。"她解释道 T_T^。在篮球社，若非有他这个社长当她的后台，每每在比赛结束后充当她的挡箭牌——挡着大帮朝着她围过来的女生，只怕她早就很可能"贞节"不保了。

熟……是啊，他和她认识到现在也不过一个多月，但是李祥生却已经参与她人生岁月快一年了，她的自然也是应该。"你说过喜欢我的。"如咒语般的，他开口

单眼皮的[鱼]

道。她说过的，她喜欢他，即使她喜欢，她在乎的只是他的这张脸也无所谓，他只要她是属于他的就可以了。

"你怎么突然说这个?"她奇怪地看着他 ?_?，而后恍然大悟但却又不敢相信地瞪大眼睛，"老天，你该不会是在吃醋吧。"可能吗? 一向冷静超然的他会是因为她对李祥生的态度在吃醋?! 虽然连她自己都觉得不太可能，但若不是的话，又何以解释他刚才的奇怪的问话。0_0

心，有着一丝莫名的紧张，在等待着他即将说出口的答案。^^V

"是又如何?"他的话，已给了她一个肯定的答案。

"你真的在吃醋?"带着一份欣喜，她难以置信地再次问道。T_T^

他皱着眉，抿了抿唇角盯着她，"你很开心看见我吃醋?"

"因为那样表示你多少有点喜欢我了啊。"欣然一笑，她说着自己的理由。至少他开始喜欢她了，比起刚开始时对她的冷漠淡然是一个飞跃。喜欢一个人，自然会希望对方也喜欢自己。不求回报地付出一份喜欢，起码对她来说做不到。^V^

"不是有点。"司马彬轻叹着一口气，手抚着她的发梢，"我想，我是爱上你了。"明白了自己的心意，若他不是因为爱的话，又怎么会有着这份嫉妒，如果仅仅只

135

是有点喜欢的话，他又怎么会对她产生所谓的独占欲。

⊙．⊙爱?!　"你——爱上我了?!"眼睛瞬间放大，张佳乐几乎下巴掉地 0_0，他是在开玩笑吗? 还是说现在的一切根本就是她在做梦，只是她的想象，根本不曾发生在现实世界中。

"我说爱上你，值得你露出那种表情吗?"他好笑地看着她张大嘴巴的呆滞样。T_T^

"那是因为……实在太出乎我的意料了啊。"他能够喜欢上她，就够让她不敢相信的了，更何况是爱。"那个……你确定刚才的话是对我说的?"她怀疑地再次问道。没有柔媚动人的五官，也没有凹凸有致的身材，再加上她现在还是一副完完全全的男生打扮，他怎么可能爱上这样的自己?

"除了你这里还有别人吗?"

好像——是没有。张佳乐伸出手使劲地朝自己的脸颊上捏了一把。疼! 看来她应该不是在做梦，"但是我还没有让你感受到什么是痛啊。"她没忘记当初她之所以成为他女朋友的原因。

"我会期待以后的时间里你让我明白。"比起疼痛，她似乎更让他在乎些。"我爱你，而你也必须爱上我，即使你爱的只是我的这张脸也无所谓。"对于爱情，他骨子里其实是霸气的。

脸——他的脸……张佳乐直直地盯着近在咫尺的面

庞，当初她会死缠烂打地追着他，不外乎是因为他拥有着这样一张精致的脸庞。但是莫名的，她所想要珍藏的只有他。赦今一、叶承文其实比他跟接近她一惯以来的审美标准。但是他那淡如清风，带着一丝淡淡忧郁的气质却总吸引着她。

"我……"挪了挪嘴唇，她想要开口说话，却被他用手指堵住。

"爱我么？"他的脸更靠近她的，唇凑向了她的耳际，近乎与低吟的开口道。

"嗯。"她老实地点点头。爱他，也许从第一次见面的时候便已经开始了。他的一举一动，都会连带着影响着她。为他脸红，为他心跳，为他的一句话而雀跃不已。

最初，她在乎的是他的脸，但是现在，她在乎的，该是他的人吧。他的忧郁，总是让她不自觉地想要抹去。

"那么——我也会爱你，一直。"

承诺于是许下……

文化祭的三天，张佳乐几乎可以说是在忙碌与充实中度过。每天的上午站在班级的摊位前穿着男生制服吸引着大票的学生，而下午，则拖着司马彬逛着校园内其他的摊位以及别的社团所组织的节目。

　　当然，狄宁泉的话剧表演她也很"留意"地没有错过，毕竟不是任何时候都能看到狄某人顶着一头长长的假发，穿着拖地的长裙站在舞台上。

　　只不过，一场罗密欧与朱丽叶的悲情剧，在狄宁泉的主导下倒更像是一场笑剧，不但悲情气氛全无，还出格得要死。也因此，当中场休息的时间里，她在彬的带领下来到后台的时候，很不客气地对着狄宁泉大笑三声——虽然换来的是狄宁泉的两个白眼。

　　当然，也不可例外地见到传言中和狄宁泉"关系密切"的人物——洛佑闵。也就是狄宁泉口中的小猪妹。圆润的脸庞与可爱的微笑，以及扎着马尾的长发，让人有股邻家小妹的感觉。狄宁泉会答应这次戏剧社的邀请，出演朱丽叶一角色，其大半原因都是因为洛佑闵。

　　不过，狄宁泉会和这样的女生处在一起，倒确实出乎她的意料，毕竟一个懒散得要死，凡是多随自己意愿行事，而另一个则连每天要干点什么事情都会拿个小笔记本来记一下，已防自己忘记。反差如此之大的，却可以走在一起。也许正如彬与她相爱般，有些事情只有天知道。

　　整了整身上的制服，张佳乐有种松口气的感觉。总算是第三天的，她的男生装扮到此结束，而这身穿了三天的制服，也至于可以得以说"拜拜"。

　　"嗨，小乐。"熟悉的声音响起在耳旁，灿烂的笑容

放大地印入眼帘。

"你怎么又来了？"张佳乐头大地看着已然站在眼前的李祥生。三天的文化祭，每到中午时刻，他总是会如同鬼魅般的出现在她的面前。—_—#

"肚子饿，没办法。"某人说得天经地义，眼睛开始以雷达扫描的速度搜索着摊位上余留的糕点。^V^

好吧，会白食的人还是会白食，任何事情都是一二不过三，她要贴班费的钱显然又要等比增加。"想吃什么？"无奈之后是认命，反正文化祭也就今天一天了。等文化祭结束后，就换她来好好剥削他了。

"这些。"手指一一点着糕点，李祥生道。这些糕点的味道还算不错，虽然没法和学校餐厅里哪些出自特级大厨所做出来的糕点，但比起路边小贩的，还是要强很多。

拿着纸袋，张佳乐包着对方所点的食物，"喏，给你。"心痛啊！她的零花钱也。~ ~ >_< ~ ~

"谢啦。"他接过糕点，大咧咧的一笑，"如果这时候你再请我喝杯西米露，那就再好不过了。"眼光瞥着一旁的饮料，他意有所指到。

还请！"拜托，社长，你不会觉得不好意思吗？"连续三天，天天来卡她的油，实在是让人很像踹上一脚。0_0

"会啊。"从纸袋中捞出一个薄荷口味的小方糕，李祥生边吃边点头道。

"那你还连续来？"是人都该知道白食这挡子事情只能干一次。

"所以我……呃……"拼命地咽着口里的糕点，他含糊不清道。

"所以？"她挑挑眉，等着他的下文。

"所以我帮你报了校花选举。"终于咽下了糕点，他宣布着答案。T_T^

嘎？校花选举？她没听错吧。"你帮我报了？"她需要再确定清楚。

"是啊，你不知道吗？可以代报的。不过你放心，我一定会投你一票的。

重点根本不是在他投不投票上，而是在于——"你没事去帮我报这个干吗？"张佳乐死瞪着吃地犹如秋风扫落夜般的某人。

校花，她怎么看也不是这块料啊。

"反正要一个星期之后才会公布结果，这期间我会帮你拉些票的，多少当我吃了你那么多东西的回报。"其实根本就是他无聊逛摊位的时候看到，然后又无聊到拿起笔填了份表格。报名才由此成立。

是吗？那她倒宁可他没有任何的回报，张佳乐头痛地揉了揉额角，"你这算是回报吗？"这样的回报估计也就只有他做得出来。

单眼皮的 [鱼]

"你不喜欢?"?_?

"废话!"她长得一来没有倾城倾国,二来没有清秀怡人,去选了也只有衬托的份。"你就不会想点好的回报方式吗?"例如少来这里白食一顿就是对她很好的回报了。

"我觉得这方式不错啊,况且你长得也算好看啊,去选选也不错。反正评选结果要一个星期后才出,现在不用太担心的。"他边吃边说着自己的理由。

为什么她的胃开始会有种抽痛的感觉。有他这样的哥们,算她倒霉了。"你马上去把我的报名给撤了。"亡羊补牢,希望能够犹未晚也。>0<

"撤不了了。"李祥生摇了摇头道,而后发现对方两记杀人似的眼光后,赶紧抹了抹唇边的点心屑,"呃,就算撤不了,你也不一定会输啊,更何况你看你,身高够高,运动神经发达,长得又五官分明立体感强……"两手搭着她的肩膀,他开始滔滔不绝。

"……"她怎么觉得他形容得这么像男生呢?"吃你的糕点。"若再让他继续说下去,只怕她身为女性的自信会荡然无存。

"如果你还介意的话,要不我也去报个校草的选美,顶多倒时候输得难看点,给你做陪衬。"阳光似的笑容已经搔着脑袋的举动,让人想生气都很难。

"你……唉,算了。"缓缓地,她释然一笑,"不过

下次你千万别再给我乱报名参加什么比赛了。"这种经历，一次就够了。

"这个……当然。"太阳之下，他同样笑着……

好刺眼的笑容！

远处，欣长的身影站立在梧桐树下，微眯着眼眸盯着展露着笑颜的两人，心在微微收缩着，如同根针般隐隐扎着。这是什么样的感觉？刺痛吗？还是说这就是他期待已久的痛？五指渐渐收拢，性感的薄唇抿成了一条线，仿佛在压抑着心中的另一个自己。

"彬。"一旁的叶承文出声道。"怎么停下来了，不是要去找小乐吗？"

"不了，我想先回学生会休息一下。"转过身，他朝着相反的方向走去。

叶承文则静看着远处说笑的两人，也许，他该找个时间和某人谈一下。

第九章　爱的疼痛

爱原来并不可以随意控制，
痛也不是随意可以给予，
在落叶与花瓣之间，
你让我明白了疼痛的感觉

　　原来——在乎一个人，真的会想把她完完全全地占为已有。偌大的学生会办公室，因为没有开灯而显得有些阴暗。欣长的身子贴靠在乳白色的墙壁上，透过玻璃窗望着窗外的风景。

　　他对她的爱，投入地太多了些吗？在乎得越多，便越难控制自己的情绪，她，已经太容易影响着他了。难以抒发的闷气以及那如针般的感觉存在于胸口之中。带着一丝隐隐的刺痛，让心脏微微收缩着。

　　刺痛——是痛吗？会是他曾经渴望已久想要知道的

那种疼痛的感觉吗？那种他从来不曾体验过的感觉。在柔风中，她曾对他说过，总有一天，她会让他明白疼痛的感觉。而今，这份感觉便是痛了吗？她所给予的痛……

在学生会里，若说是最强势的人，那莫过于是赦今一，学生会的会长，更是学校的创办人兼理事长赫老爷子唯一的孙子，要风得风要雨得雨。柄持着自身的优秀，即使强势也往往让人心服口服。

而最过于无所谓的人则是狄宁泉，带着一丝叛逆的气息往往与他的这张娃娃脸不相符合，吊儿郎当的态度会让人有吐血的感觉，懒散地享受生活几乎成为他的座右铭。

司马彬则可以算是学生会最淡然与安静的人，一本原文书可以在学生会里耗上一天，看着他的人总是会有种只可远观，不可近玩焉的感受，毕竟他的存在，会给人以虚幻的错觉。

至于叶承文，学生会里的副会长，居于赦今一之下，但却是学生会里绝大部分事情的经手人，很多事情，真正处理的并不是赦今一而是叶承文，其细心与条理的做事习惯，令得赦今一也为止佩服。看似鹿般的无害，隐藏住了豹般的犀利。

也因此，叶承文才会主动地去找李祥生。

午间的休息时间，教学楼上的天台上，李祥生望着

已然先到的叶承文，一脸疑惑道，"你把我叫出来是为了什么？"没有任何交情的两人，见面也仅仅只是在文化祭的时候见过几眼，这样的人，居然会特意让同班的同学唤他来天台，实在很让人奇怪。

双手撑着天台上的围栏，叶承文背对着李祥生遥看着远处的天空。蔚蓝的天，一望无际，湛蓝清澈地让人情绪为之一震。

"我约你出来单独见面并没有什么恶意。"转过身，叶承文看着李祥生道，头发因逆风而拂过脸颊，"只不过是想提醒你一些事情罢了。"

"提醒我？"李祥生楞了楞，根本就没有交集的两人，他不以为自己有什么事情需要对方来提醒。?_?

"没错。"轻弹了下手指，叶承文开口道，"如果没有必要的话，建议你最好注意一下对待张佳乐的态度，有时候，有些举动是会很容易引起别人的误会的。"而彬，很可能已经把眼前的人看作是情敌了。

"我对小乐的态度怎么了？很平常啊。"?_?

"但在某些人的眼中就会觉得不平常，也许这是你对待朋友的相处方式，但某些举动方面还是注意一些为好。而我，只是给你些建议罢了。"

"为什么要和我说这些？"这是他觉得最奇怪的地方。~_~

"因为彬。"叶承文轻吐着答案。"我劝你最好不要

단라출 물丘기

引发彬的另外一面，否则，你绝对会后悔的。彬很介意
你对待小乐的这种随意态度，对他来说，即使你只是把
手放在小乐的肩膀上，他都会觉得碍眼。"

"司马彬的另一面？"李祥生呐呐道。?_? ?_? ?_?

"很少有人见到的一面，彬一直把那隐藏得很好。"
而他，亦只见过一次，并且还是不完全的一次。那是在
去年和育明学校的一次冲突中，今一和彬被育明的一帮
人围住的时候，今一受了伤，而彬，他只能说当他赶到
的时候，看到的是周围一片倒下的人，只有彬静静的站
立着，浑身所散发出来的阴冷气息是他平时所不曾见到
过的。而今一，当时只说了一句话，以后，没事的话千
万不要让彬再显露出那样的一面。至今他还在想着，当
初在场的今一，看到的彬究竟是怎样的。

"隐藏？"李祥生重复道。

"隐藏是因为没有迸发的必要，但是如果一但掀去
了那层面纱，对你不好，对彬来说，也未必是件好事。"
看似淡然的彬，对于某些事情却会异常的执着。因为把
他们几人看作是知交，所以才会因为今一的受伤而爆
发。而现在，张佳乐的走近，已然被彬纳入了其羽翼之
下，很难想象一旦他又展露出那鲜为人知的一面，会是
怎样的情景。"总之，我要对你说的就是这些，而究竟
会怎么做，则是你自己的事了。"他所能做的，也只有
这些而已。彬对于小乐的感情，他看得出来，若非在

乎，恐怕也不会有那种阴郁的表情出现。

抬起双眸，叶承文瞥了一眼右边的墙角，"记住我的话，千万——不要惹恼了彬。"是在对李祥生说，同时也是在对着另一个人说。

希望，他今天说的这番话会有用。

他这样算是警告吗？亦或是建议？定定地看着已然步下楼梯的身影，李祥生若有所思地抿了抿唇。一惯的阳光似的笑容消失在脸上，取而代之的是少有的沉思表情。

他喜欢小乐吗？也许有那么一点点吧 =^_^= ，总把她当成哥们般的女孩，却也是他相处起来最自然的一个。从初次见面的那瞬间，当她直直地毫不掩饰地注视着他他的时候，心——也曾悸动过。只不过那份悸动还没来得及化为心动的时候，她便以哥们似的态度融入了他的生活中。T_T^

"喜欢小乐？可能真的有一点吧。"半垂着头，他自言自语道 ?_?。但是，即使他发现了自己的这份喜欢又如何，小乐所喜欢的，所爱的并非是他。他也从不觉得自己有机会介入她与司马彬之间。"唔，看来以后真的要把对小乐打招呼的方式变一变。"扣肩搭背只适用于男男哥们的相处模式上，而非男女哥们上。

"何必改呢？"一道人影从天台上的墙角中走出，经过刻意修改的制服合身地包裹着玲珑有致的身材。

"你是……"李祥生顺着声音看向来人，娇媚艳丽的容貌有着不属于这年龄的成熟，依稀仿佛曾经在哪里见过。

"高净滢。"美女报上了自己的名字。

对了，是她，那个曾经在篮球社里的比赛结束后找小乐的那个女生。"以前你来找小乐的时候我曾经见过你。你怎么会出现在这里？"

"呵呵，我只不过是上来休息一下，教室里待得太闷，想透一下气，刚好就听到你们的对话。"说来也巧，若非她在教室中听见同学在谈论着司马彬和张佳乐的事情，听得心烦，转而上天台想独自一个人静一静，恐怕也就不会听到那番对话了。

"如果你真的喜欢张佳乐的话，为什么不表明自己的心意呢。毕竟男女朋友不代表一切，你还是有机会的啊。"脸上挂着虚假的笑意 T_T，她建议道。只要是能够破坏彬和张佳乐之间的事情，她都乐意促成。

"我对小乐表白?!"李祥生怔了怔，"怎么可能，小乐是哥们啊。"或者该说，他从来就没想过要对小乐做表白这事。0_0

"那又如何，你喜欢她不是吗？"有点令人嫉妒。明明只是一个身材平板，平凡无奇的人，却可以得到别人的喜爱。眼前的男生虽然没有彬那样赏心悦目，但也还

能算是俊俏。阳光般的运动男孩总会有让人难以忽视的感觉，比起彬的静态，他则是属于动态。

"你听到了？"李祥生脸色微微一红 =^_^= ，本来没打算让任何人知道的心事竟然会被一个只能称做陌生的女孩听道。

"只是无意中听到了你的自言自语。"高净滢缓步走上前，靠近李祥生道 >0< ，"这没什么不好意思的，喜欢一个人本来就没什么可掩饰的，既然喜欢了，就要去努力争取啊。"就像她般，喜欢上彬，自然要去争取。而彬，也应该且只能喜欢她，毕竟她和彬无论是外型上亦或家世上，都般配得很。

争取？他去争取小乐？她的话让他噤住了口。喜欢小乐是一回事，那是因为她曾经带给过他一丝悸动。但是，而今的小乐，所给予他的则更像是一种朋友般的习惯，可以一起打篮球，一起嬉笑怒骂，一起高谈阔论。更何况，小乐和司马彬已经是男女朋友，全校可以说是没有不知道的。对于这些，他乐见其成，毕竟朋友脸上的微笑有时候是真的可以让人感到满足。0_0

"我从来没有想过要去对小乐表白。"他认真地说道。"小乐已经找到了司马彬，就算我现在真的是很喜欢小乐，也未必会去做第三者插足的事，更何况我现在还只是把小乐当做是朋友。"

表白，代表着某些事情会有所改变。他的悸动，埋藏在心里未尝不是件好事，若干年后，回忆起来，也许会莞尔一笑。

"那样你不觉得人生会错过很多的事情吗？"贝齿一咬，高净滢继续游说道 T^T，难得有这样可以搅乱的机会，怎么可以轻易地放过。"即使只是把心意告诉对方，也总比埋藏在心里好啊，至少可以对自己说，你努力争取过，而不是懦弱的退却。"口中说着让人心动的字眼，眼眸里闪烁的却是让人心寒的算计的目光。

"这……"李祥生低着头犹豫着。该说吗？对方刚才说的话也不是全然没有道理。真的说出口了，也许会更轻松些。没有想要抢过来的意思，也没有想要得到什么，只是单纯的，把自己的想法告诉对方。

"况且现在也不代表你完全没有机会啊，你对张佳乐说了，你就多了一份机会。"见到对方开始忧郁，高净滢说得更加起劲。.\/.

"我……"李祥生皱了皱眉，而后奇怪得看着高净滢，"你为什么要对我说这些？那么乐于见到我对小乐表白？"有些奇怪，眼前的女生似乎太热中与劝服他去表白。

"那是因为——"高净滢脸上的笑意僵了一下，"因为我自己也有个想爱的人，但是因为自己一直没有开口说喜欢他，以至于现在他和别的女生在一起。所以，我总觉得，既然喜欢了，就一定要说，否则对方可能永远

都不会知道。"她编造着虚幻的假话,说得怅然。

喜欢,便要勇敢的表达,是谁说了这个定论的呢?深深的吸了口气,李祥生抿了抿唇,"我会去说的,会对小乐说。"不是为了争取什么,也不是要和小乐去成为什么男女的朋友,只不过是去说一句话,一句以前埋在心里的话罢了。

"是吗?"高净滢一笑,"那么给你个建议,放学后学校的礼堂会比较好,那里平时不会有什么人的。"只不过,彬会习惯性地在那个时间段去那里拉小提琴罢了。

而她,则会有一场好戏可看。

这几天,所有的人都有些怪,彬怪,连李祥生也怪,张佳乐暗自感叹着。自从文化祭结束后,彬便显得有些奇怪,总是会莫名其妙地看着她,静静的,但却不会说一句话。以前是她看他,现在却是他看她,看她的目光中还带着研究的成份,害她还以为自己是外星人,值得对方投入如此专注的目光。甚至,还奇怪地在她研究着究竟怎样才会让他明白痛的感觉的时候,说了一句话,"如果,你真的让我感觉到了痛,你会不会后悔?"

后悔?她是没想过,现在她所做的只是让他明白那份感觉,后悔——应该不太可能吧。否则她就不会那么大费周章地顶着两只熊猫眼看那么多的书了。

　　而至于李祥生，该说是昨天开始变得怪怪的。若有似无地盯着她看，然后又若有似无地把目光撇开。没有平时的随意自在，反倒是像刻意保持着某种距离般。

　　也因此，当李祥生在放学后把她约到大礼堂来的时候，张佳乐整个人只有奇怪二字可以形容。

　　"你约我到这里来干吗？"张佳乐环视着空无一人的大礼堂道。现在已经是放学后了，彬估计过会就会来这里吧。每天放学后的一个小时，在这里拉小提琴仿佛已经变成了彬的习惯般，而她，听他的曲子也仿佛成为了一种习惯。悠扬，抒情，让人有着精神式的享受。

　　"是有些事情想对你说。"李祥生搔了搔头，斟琢地开口道。^V^

　　"事情？"她和他都是篮球社的人，就算有事情也该在篮球社里谈，而非是在大礼堂里谈啊。

　　"是啊，有几句话想对你说罢了。"他略微腼腆地笑了笑，毕竟这是他第一次准备对女生表白，多少有点紧张。-.,-

　　"呃？"她等着他的下文。?_?

　　"就是……那个……我喜欢你。"

　　"噗！"随之而来的是被口水噎到的感觉0_0。"你喜欢我？"没搞错吧，还是说今天是愚人节，"你说你喜欢我？"她掏了掏耳朵，不确定地问道。

　　一向是称兄道弟的人，居然当着她的面说喜欢两个

字，实在让人很难相信。

他的脸因她的惊讶而微微一红 =^_^=，"我喜欢你有这么奇怪吗？"活似月亮撞击地球一样。

废话，不奇怪才有鬼里，"你喜欢我哪点啊？"平时总是把她整个当男人的人，若要说她相信，恐怕猪都会飞上天了。

"说不清楚。"李祥生摸了摸鼻子，"总之今天我约你来只是想对你说一下这事罢了，完全没有别的意思，总体而言，对你应该还是哥们的感情多一些吧。"说了，至少不会去后悔，以后想想现在的自己，至少还曾有勇气表达。

"那么我们还是哥们？"她小心问道。T_T^

"当然。"习惯性地单手握拳，李祥生朝着张佳乐的肩膀捶去，"你以为现在像你这样的女生很多啊。"至少在他的那大帮称兄道弟的朋友中，她是唯一的女性。

像她这样的女生——她这是夸她还是贬她啊。"你就不会下手轻点吗？我好歹也是女生啊！"每次都捶她的肩膀，迟早有天她的肩膀脱臼都是他造成的。

"嘿嘿，忘记了。"他大咧咧一笑，"顶多我帮你稍微揉一下。"说着，手便自然地向着她的肩膀按去，适中的力道意思意思地在那里捏着。

唔……让人捏肩膀果然是种享受，"你今天不去参加社团活动了？"转过头，她看着他问道。

　　"恩，就去了。"李祥生抬起手看了一下手表上的时间，"你呢，一起去？"两人同属篮球社的，他的社团活动时间自然和她的一样。

　　"你先去吧，我过会再来。"

　　"真搞不清楚，你现在每次社活动都会迟到半小时究竟在干什么。"若非他是篮球社的社长，像她这样天天迟到的社员，早就被踢了。

　　"秘密。"她神秘一笑，"反正你先去拉，我半个小时侯就会到的。"而在这之前，是欣赏彬小提琴的时候。

　　"那好，半个小时后可一定要来啊。"他叮嘱道。

　　"安啦安啦一定到。"她挥着手道。真是奇怪，平时这时候彬应该是到了啊。

　　"那好，走了啊。"说着，李祥生便朝着礼堂外走去。

　　说了藏在心中的话，果然是会轻松很多……

　　而礼堂外，没有人注意的角落，人影，在闪动着。

　　真是奇怪，彬到现在还没来礼堂，甩了甩头，张佳乐径自坐在了礼堂前的椅子上。李祥生突如其来说的喜欢让她讶异，但随之而来的则是好笑。只是一句表白，让她知道他的心意，没有过多的尴尬与难堪，她与他依然是朋友。

　　只不过，他会喜欢她，实在是让人觉得很奇怪。本

以为眼光奇怪的只有彬一人，没想到李祥生也是。也许她该高兴一下，至少证明自己多少还是有点男人缘，不是一味地只在女生中受欢迎。

视线——在身后蔓延着，强烈地让人想要忽略都做不到。

"彬!"猛然地转身，张佳乐看着直直站立在礼堂门口的身影，夕阳的余辉，使得他的身影拖得好长，逆着光线，她只能够认得出门口的人是他，而看不清楚他脸上的表情。^_^

"你怎么来了不出声呢? 害得我等了老半天。"站起身子，张佳乐朝着司马彬走去。

为什么，会让他看到那样的情景呢? 她和那人如此自然的嬉笑打骂。第一次，他告诉自己不要介意，第二次，他选择离开独自去品味那份郁闷，然而这次……

胸口那股针扎的感觉再次回来，是痛吗? 越来越强烈的感觉。比上一次更甚。为什么，他会有这样的感觉，18年来从未感受过的，那种让人连呼吸都觉得困难的感受。

"你……怎么了?"呐呐地将脚步停留在他面前的三步之遥，张佳乐望着眼前的司马彬。没有平时的从容与冷静，此刻的他，带着一丝阴郁和怄气。?_?

依然是白色的衬衫配上深兰色的线衫背心，依然是柔顺的黑发与漂亮的凤眼，但是，感觉变了，仿若是人

还是同样的人，但气质却完全变了。

沉沉的，他只是盯着她的脸看着。是她，带给他了这种感受，这种称之为痛的感受。她说过，会让他明白疼痛的感受，而他，也曾说过，若是她让他明白的话，那么他就会努力让自己爱上她。如今，他爱上了她，却也因她明白了这份感觉。

"你究竟……怎么了？"他的目光太过噬人，仿佛透过她的身体要看穿她的灵魂似的。

眉缓缓皱起，好痛！这份感觉，为什么会越来越强烈，从胸口蔓延到全身，在骨髓里，在细胞里，不停地蔓延着，仿佛压抑了18年的痛楚全都要在一瞬间爆发一样。深深地吸了口气，他用手按住自己的胸口，想要停止那份痛楚，那份他陌生的感觉。

原来——他已经爱她到了这种地步，爱得深了，连自己都压抑不了。

他看着她的目光让她想要却步，那样深，那样沉，"彬，你……啊！"张佳乐话还在口中荡漾，人已被搂入了宽阔的怀中。

呼吸喷洒在她的耳边，他的头埋在了她的颈窝边，"怎么了，你不要突然一声不响地就抱住我啊。"他突如其来的拥抱让她乱了手脚。

"好痛……"他喃喃着，痛得让他承受不了。

"痛？"张佳乐显然是愣了一愣，"可你不是……"

"痛，真的很痛。"他抱着她，手臂微微收紧，"你做到了，你真的可以让我感觉到痛。"他期待已久的感觉，却是这样的降临，降临得他措手不急，甚至平息不了这份痛楚。

"你——觉得痛，可——"基本上，她好像还什么都没做吧，从看到他的出现，到现在被他拥在怀里，她至始至终都处于被动状态，但是他却说，是她让他感觉到了痛。

"为什么，会这样在乎一个人呢，如果不是在乎的话，是不是就不会痛楚得那么厉害。"痛得让他想要落泪。"答应我，以后不要再让我如此得痛了，这样的疼痛，我没办法承受。"

"我究竟……"怎么了？

"不要再和那人那样子，否则，我会受不了的。你的笑，只对着我，难道不可以吗？"

"那人？"

"李祥生。"

噶？李祥生？他——该不会是看到了什么吧。张佳乐努力地想试着动一下身子，但却因为身体被紧紧地圈住而动弹不得。"你有看到什么吗？"她开口问道。

"我该看到什么吗？"如果可以，他宁愿自己什么都没看到，没有看到李祥生把手放在她的肩膀上，那样自然地揉捏着。

那——应该是看到了吧。"他来只是对想对我说一声他喜欢过我而已。"她开口道，却因为环在腰上的手臂更加缩紧而惊呼出声，"痛！"他的拥抱，像要把她融入他的身体般。

李祥生果然是喜欢乐乐的，司马彬眼神一黯。并非只有他一人发现她的好，她的美，别人也一样会发现。

腰上的力道越来越重，使得张佳乐不得不使劲地扭动着身体拉开两人之间的距离。"听我说，真的没什么的，他只是来对我说他喜欢我，只是想说明一下而已，并没有别的什么意思，也所以，我和他依然是朋友，是哥们。而我喜欢的，爱的是你，你一直都是知道的，不是吗？"

她爱他，爱他么？"即使我没有这张脸。"抬起了埋在她肩膀上的头，他盯着她道。他的脸，是她的最爱，从她一开始追逐着他开始，到她开口说喜欢，从来都是因为这张脸，因为那是张她所喜欢的脸。若是他没有了这张脸，那么她还会不会喜欢他，还是仅仅只把他当做是个陌生人？

"即使——你没有这张脸。"她喜欢他 T_T^，这份心情，随着时间越来越浓烈。

也许是因为喜欢他的脸，才开始喜欢他的人，但是，真的爱上了，便注定了一切，否则，为何赦今一和叶承文更接近她一贯的审美标准，但她却没有任何的心

动感觉。

　　"彬，我喜欢你，即使你没有这张脸，我想，我还是会喜欢的，因为那人是你。"

　　欣长的身子震了震，他抿了抿唇，回味着她方才的话。痛，竟然会因为她的话而渐渐淡去。也许……他的痛，真的只有她能给予，也只有她能抚平。

　　一声轻叹，他低下头，抚着她的短发，"永远——在我身边吧。" 18 岁的年纪，却依然可以找到一生的爱。他的世界，该有她的存在……

第十章 童话的结局

痛是因为在乎，
爱是因为悸动，
在习惯了你的存在之后，
我的世界多了一种感觉。

失败了，李祥生所说的告白和她想象中的差了太多，而司马彬的原谅也仅仅只是因为张佳乐的几句话变平息怒气。为什么会这样？为什么所有的事情都没有按照她的剧本走？即使她苦心安排着一切却依然失败。>0<

张佳乐……她绝对不会让她过得那么顺利的……
>0<

好帅啊！:-)拿着一张跑遍了大半个城市才买到的

海报，张佳乐淌着口水盯着海报上的人——贝克汉姆，即使是已经死会的人，但眼眸里散发的气息却依然可以牵动无数少女的心，深邃的眼眸和那常年运动所保持的体形，真的是让真看得留口水。*_*

帅啊，不愧是世界级的白马王子。^_^

"拜托，小姐，麻烦你收一收你的花痴表情啊。"课间的休息时间，卫月妮瞪着做在后排的死党，忍不住地翻着白眼道。-_-|||就算喜欢看帅哥，也好歹拿着海报自己一个人在家欣赏啊，而不是拿着海报在教室里摆着一幅花痴到流口水的表情免费给全班看。"想想你的司马彬，你最喜欢看的，不是他的那张脸吗？"唉……若是让司马彬看到小乐此刻的花痴样，恐怕血都有好几缸好吐。·_·

"我知道啊，但是总不能老是只看一张脸吧。"偶尔也该来点新鲜的，换言之，她看贝克是应该的。^^

想想有时候老天真的是很不公平，为什么有人可以帅得那么一塌糊涂，还能够不止帅，更有实力。*_*

是不能老看一张脸，但问题是——"你不能老看到一张帅哥脸就露出这样的表情啊。"-_-_--|||偏偏这种老是露出让人想唾弃的花痴表情的人，依然还有大票的簇拥者。

"没有办法，你也知道我的习惯。"+-+张佳乐颇无奈地耸耸肩膀。自小养成的习惯，非一朝一夕所能改

变的。

"但——多少注意点形象啊，你再怎么说也算是有大帮的女生拜倒在你的运动裤下啊。"真是往事不堪回首中，想当年，她也是拜倒在她运动裤下的一员。－;－"况且你现在还是校花的候选人之一啊。"她手指她道。

校花?! 若妮妮不说她几乎都要忘记了。"拜托，别提醒我这事，我都努力想把它忘记呢。"落选几乎已经可以说是注定的了。该死的李祥生，没事情就会给她报这种烂名。>0<

"反正不管怎么说，评选的结果三天后就会出来，这期间，注意点形象对你拉票有好处。"起码不会败得太难看。\ - /

"无所谓，我只要彬喜欢我就行。"^_^至于选票，不在她的考虑范围。反正大不了不去看评选结果也就是了。

"是啊，你现在可幸福着了。"卫月妮不无羡慕地道。#_#司马彬会真的爱上小乐，真的很出乎她的意料，但是这种意料之外的事情未尝不是一件好事，至少小乐得到了幸福，而司马彬，也让人感觉到，比以前的他，多了一份暖意。^0^

"对了，等会中午你还去学生会找司马彬吗?"卫月妮拍了拍课桌问道。既然劝说无效，那么也只能继续放

단라출물쇼기

任某人的花痴行径了。 - -_- - | | |

"当然去。"她说得斩钉截铁，欣赏海报上的不如直接去摸现实中的。爱人的心情……真的是很飞扬的感觉。^-^

唉……恋爱的女人就是不一样，每天中午都会准时地跑到学生会去报道。- -；- -

而卫月妮知道每天中午下了课张佳乐会奔去学生会，高净滢就更清楚地知道张佳乐这一习惯了，毕竟，侦探并不是白请的！！

站在楼梯的过道上，她等待着等会会出现在这里的人。她对于彬从来都是势在必得的，彬的出众的外表，是她倾心的最初原因。三年前开学的那天，当她被一大帮男生包围着的时候，只有他，仅仅只是穿着一身制服，从她的身边擦肩而过，没有多看她一眼，甚至可以说没有多注意她一眼。

完全的忽略，是她注意他的原因，然后在注意了他之后，才发现他那唯美得让人心叹的五官，精致却依然带有男人味，若有似无的淡然，总是想让人抓住但却又抓不住，仿若一阵风，可以感受，却无法确实地拥有…… * - | - *

然后，当她知道他的家世后，她确定了他是她想要找的人，既能够让他心动，又在家世上能和她匹敌。只

是，当她刻意地接近着他的时候，他总是会冷漠以对。直到她无意当中听到了他和赦今一、叶承文以及狄宁泉的对话后，知道了他没有痛觉神经后，她才算是正式地接近了他。

但如今，她所有的努力，所有的心机，全部随着张佳乐的突然出现而碎得彻底。>0<

也许彬从来也没给过她什么承诺，但是若是一阵风的话，那么就该没有任何人可以抓住，即使有，也只能是她！！

急促的脚步声踏着楼梯渐渐接近了。从这里再往上一层楼就是学生会的办公室了，会来这里的人并不多，更何况还是这个时间段的。

"哒。"脚步声猛然停住，张佳乐抬头仰望着站在楼梯与楼梯之间拐角处的高净滢。再无他人的楼梯上，对方只是一个劲地看着她，该不会是在故意等她吧。"是你。"她开口道，她——记得是叫高净滢吧，又一个喜欢着彬的女孩，甚至连带着知道彬没有痛觉神经的人，

"是我。"高净滢冷冷地扫视了张佳乐一眼。

"你在这里等人吗？"

"恩，而且，我等的人也已经到了。"

"……"果然，她的第六感好事准确得要死，"那——你等我有什么事吗？"还是打算像上次一样，警告她不许接近彬。

"等你，只是想告诉你一件事，一件关于彬的事。"
原本没有打算对她说的话，现在却不得不说。是的，她
要说，把彬根本没有痛觉神经的事情告诉张佳乐，然
后，她等着看她脸上的异变，能够接受真实的彬的人，
该只有她。

"事情？"缓缓地踏上楼梯的台阶，张佳乐一步步地
走上去，"关于彬的什么事情？"

"你不想知道我上次所说的，能够接受彬的身体，
爱彬的人只有我一个吗？"

收住了脚步，张佳乐站正在高净滢面前，疑惑地眨
眨眼，"你究竟想说什么？"

"如果我说——"娇媚的脸旁上有着算计的笑容，
"彬的身体，根本就没有痛觉神经，他根本不可能有任
何痛感，你会觉得怎么样？"没有痛感的人，根本就等
于了异类，而她，依然可以坚持对他的爱，司马彬就该
心存感激，而非是当着她的面，告诉她，他所喜欢的是
张佳乐。

噶？原来是这事，"我知道啊。"右手搔着脑袋，张
佳乐耸了耸肩膀道，"彬和我说过了。"

"你……知道?!"带着不可置信，高净滢怀疑地问
道。

"知道啊，只不过是没有痛觉神经罢了，又不是什
么大事。"况且在昨天，她已经做到了她所承诺过彬的

单眼皮的 [鱼]

事，让他明白疼痛的感觉。只不过那份痛感，她也不希
望彬再承受一次。

"你难道不觉得这样的人和常人不同，甚至奇怪惊
讶吗？"高净滢摆动着双手，朝着张佳乐大声到。为什
么。她可以用这么云淡风轻的态度说出"她知道"这三
个字。

"惊讶？奇怪？恩……好像有一点吧，在彬告诉我
他身体的事的时候，我是有吃惊过，但是知道了后就没
什么好再吃惊的了，彬还是彬啊，即使没有痛觉神经，
但还是同一个人啊。"而她，却因此对他更多了份疼惜。

"你——"高净滢瞪着张佳乐，脸上算计的笑容已
然消失，"我不相信你不把彬当做异类，真正能够接受
这样的彬，喜欢他的人，只有我。"她喜欢他，所以即
使他拥有这样的身体，她也可以容忍。

"异类？!"彬的口中，她也曾经听到过这两个字，
张佳乐直直地回视着高净滢，"你觉得彬是'异类？'没
有痛觉神经又如何，世界上本就没有事事如意的事情，
少了痛觉不代表少了一切。喜欢他，也不必觉得自己是
高高在上的施舍。我喜欢彬，或者该说我爱彬，然后我
很庆幸，他也同样爱我。感情的付出，从来就不是说谁
在施舍谁。如果你的喜欢只是这样的话，那么你根本就
连喜欢彬的资格都没有。"

只是少了份感觉，却让人觉得不是普通人，难道一

定要拥有了全部的感觉，才能算得上是普通人吗？这样的定义，会不会狭窄了点。

她……连喜欢彬的资格都没有?! 高净滢恼羞成怒地看着张佳乐 .\/.，"我……我不用你来说教!"直觉地手朝着对方一推……

"啊!"一声惊呼从张佳乐的口中溢出，整个人已经重心不稳地朝着楼梯下跌去。老天，她不会就真的这样一路跌下去吧，若真如此，恐怕没有脑震荡也起码在床上躺上个十天半个月。

耳边传来的是划过耳际的风声，眼中所看到的是高净滢的脸，以及一道熟悉的身影用着飞快的速度朝她扑来。是彬……

"砰。"落地的声音伴随着紧抱在一起的身子，扬起一阵灰尘。

好痛! 张佳乐揉了揉先着地的腰，不过，还能够懂，应该是没什么大碍吧。只不过回家喷点镇痛剂是免不了的。"彬，你没事吧"转头看着依然抱着她的司马彬，张佳乐担心地问道。虽说对方没有痛的感觉，但却不代表身体不会受伤。

冷静从容的气息自司马彬的身上渐渐退去，取而代之的是一股少见的怒气以及让人浑身起颤的凌厉气势。没有回答张佳乐的话，司马彬仅仅只是站起身子，盯着台阶之上的高净滢，"是你推的?"

不一样了，和平时的彬完全不一样！高净滢呆呆地看着司马彬，此刻的他，不是学校里的忧郁王子，而是挥动着恶魔羽翼的撒旦。为什么，同样的一个人，可以展现着完全不同的两种气质。让人觉得仿若两个人的存在。

"是我……推的，那又怎么样。"咽了咽口水，她答道。天生家族所培养的傲气，不容许她在这里退却——即使现在的她在他的注视下有种浑身打颤的冲动。

~ ~ >_< ~ ~

"怎么样?"一丝诡异的冷笑自他的嘴角划过。"不怎么样，只是会让你付出点代价。"司马彬一步步地走上前，靠近高净滢。

"我……"高净滢忍不住地往后退着，直到身体抵住了墙壁。害怕的感觉自全身蔓延，她是不是做错了点什么。

"害怕么?"他冷笑道，定定地站在她的面前，"你做得太过火了，若是你下手的对象是我，也许我会考虑放过你，但是你却对着乐乐下手，没有人，可以当着我的面，伤害到她。"即使是他自己也不能。

这——真的是彬吗? 一手扶着腰，张佳乐怔怔得看着已然站在台阶上的司马彬。好冷的表情，冷得仿佛不带一丝的温度。即使此刻他的唇角在笑，但是却不会让人感觉到任何的笑意。这是彬吗? 那个闭着双眸，如沉睡中的王子般躺在学生会的沙发上的彬，那个对着她说，允许她追逐上他的彬，那个拉着如水般温柔提琴的彬……是他么？亦或是这只是她的错觉。

"你说，我该怎么对付你呢？"邪魅的声音扬起，司马彬盯着高净滢，"虽然我不习惯对女人下重手，但是我不打算让你有继续伤害乐乐的机会。"说着，他伸出了手掌，缓缓地贴住了她的脖子。

恐怖！冷汗已然从额头划下，耳边竟然会突然闪过叶承文曾经对李祥生说说的话。

（我劝你最好不要引发彬的另外一面，否则，你绝对会后悔的。）

（很少有人见到的一面，彬一直把那隐藏得很好。隐藏是因为没有迸发的必要，但是如果一但掀去了那层面纱，对你不好，对彬来说，也未必是件好事。）

（记住我的话，千万——不要惹恼了彬。）

如今，她是惹恼了他吗？

终于有些明白叶承文的话了。彬，原来真的有着另外的一面，一个她所不曾看到过的一面，现在，她看到了，却也后悔了。

"我……"她想开口，却因为他的手指渐渐缩紧而开始呼吸困难。

"你想说什么呢？"冷冷的笑意持续着。T_T

"我……"

　　"彬，放手！"张佳乐忍着腰上的痛拼命地跑上前，一把报住司马彬的腰，"不要，我没事情，你住手啊。"

　　从来不知道，彬会做出这样的动作，露出这样让人浑身起颤的表情。是彬吗？因为她的受伤而变得冷郁阴沉。

　　"真的该给你个教训的，让你知道以后不要再动手伤害我的人。"没有理会张佳乐的劝阻，司马彬只是冷眼盯着高净滢继续道。

　　呼吸……越来越困难，从脚底寒起的颤抖怎么也止不住。该是司马彬这样的男人，根本就不适合她来爱吧。

　　眼睛的视线已经模糊起来，放大在眼前的俊脸几乎只剩下了个轮廓。

　　她后悔了，真的后悔了。刚才怎么样都不该对张佳乐动手，尤其还是刚好被彬看见了。也许不动手，她便永远都不知道他会有着这样的一面，这样让人绝对不会再愿意回想到的一面。⊙.⊙

　　"彬，不要这样。"紧抱着司马彬的腰，张佳乐强忍住痛地想把他从高净滢身边拉开，但奈何男女体能上的差异，不要说是拉开了，根本连拉都拉不动。～～>_<～～

　　"我喜欢彬，喜欢那个静静地，虽然不怎么说话，但却平淡自怡。那样的你，会让我感觉好安心，即使只是和你一样静静地坐着，都可以感觉心灵的平静。你的静，让我心动，你的痛，让我心怜，但是现在的彬，却让我觉得陌生。"陌生得让她不知所措，即使心中明白他是因为在乎她才会变得如此，但依然无措。现在的她所能做的，也许只是去抚平他的那股怨气吧。

"彬，变成我所熟悉的彬好吗？"至少不要是现在这样的。

手上的动作渐渐停下，像是终于感受到腰上的手臂，司马彬抿了抿薄唇。他此刻的样子吓坏了他吗？可能吧，记得当初他这样的表情也曾经在承文和今一的面前出现过，虽然他们并没有说什么，但从他们的眼眸中却还是可以看到他们的震惊。

他在乎她，所以当看到她被推下楼梯后，胸口中的那股气便不可抑制地想要爆发，即使他想压抑，却无法办到。

但是她的话，却可以敲进他的心里，他的脑海里，奇迹般地让他平静下来。缓缓地收回手，司马彬转过身子，望着张佳乐，"你害怕么？"她的手，有些冰冷。

"我只想要彬恢复成以前的样子，就算是冷，但却不会让人寒。"

"是吗？"闭上眼眸，他手抚着她的脸颊，"让你害怕，是我最不愿意出现的情况，所以——"睁开眼眸，怨气已然从身上淡去，"永远不要害怕我。"她进入了他

的世界，他便不容许她再退却，如果她不喜欢看到他刚才的那样，那么他会做到不再把那一面显示在她的面前。

"我——不害怕。"张佳乐凝视着司马彬道。他会显示那让人害怕的一面，是因为他在乎。所以她感激，至少他的心中有她的存在。T_T^

"呵。"笑意在他的唇角划过，带着淡淡的温度。－.,－

温暖，让人觉得安心的平静，仿佛又一下子回到了彬的身上，她所熟悉的，所追逐的彬，又回来了。"彬.我的腰有点痛，你带我去保健室好不好。"她扯着他的衣袖道。估计腰上的淤青够她痛上好几天了。

"好。"他应声道。俯下身子，把她腾空抱起。

"啊!"她惊呼出声。"放我下来，我自己走到保健室好了。"这里是学校，若是让他这样一路抱她到保健室，恐怕明天又会成为校园新闻的一则。

"你受伤了。"他开口道，脚已朝着保健室方向走去……

高净滢整个人瘫靠在墙壁上，双手捂着自己的脖子，虽然在隐隐作痛，但至少没什么大碍。

司马彬……她想她永远也不会再爱上这样的人，太过危险……

腰上的淤青，经过校医的处理，虽然好些，但走起路来依然免不了一拐一拐。并且校医还严厉禁止她打篮球，可想而知，张佳乐已经闲到了发麻的地步。

无聊！即使她觉得身上的伤已经没什么了，但彬却依然禁止她进行一切剧烈活动，整个把她当做珍惜动物来保护。

不能跑，不能跳，唯一能做的就是学古人捧着一本书在椅子上坐上一整天。若是让她再这么下去，迟早会便得发霉。

"彬。"舔了舔唇，张佳乐撑着下颌看着坐在草坪上看书的司马彬，他喜欢看原文书，而且看书的面还广得要死，日文德文英文法文，几乎通通都能看，实在不得不让人感叹天赋的差异，若是让她来看这些书的话，不用两页，就足已被打倒。

"嗯？"拿着书的手微微一顿，司马彬抬起头望着无聊到极点的某人，等待着她的下文。

"你不觉得今天天气很好吗？"她甜舔唇，满脸堆着笑意。

"是很好。"他点点头，万里无云，晴朗得透明的天空任随阳光挥洒着暖意。

"那你又觉不觉得那么好的天气，如果辜负了的话，一定会后悔的。"她献媚地掰着手指道。唉……希望他能明白她的意思。

司马彬奇怪地瞥着张佳乐，"你究竟想说什么？"一大串的废话，全然没有所谓的重点。

"就是……"看来，他是不明白她刚才说了那么大堆话的意思了，"拜托，你让我去打下篮球吧！"能够长时间的看着帅哥是件好事，尤其这个帅哥还是她心爱的人，但是若是再不去运动一下发霉的身子，她恐怕会浑身不自在。

"不行，起码等你腰上的淤青全部退去。"合上手中的书，司马彬认真的道。

"那要等到什么时候啊，你就让我先去玩会篮球吧。我保证，只是拍球运球而已，不会做太过剧烈的运动的。"

"不行。"她的伤，让他心疼，若是他那时有更好地保护她的话，也许她就不会受这伤了，"至少，在伤好前，不要去做那些运动，我希望你能够快点好起来。"手指若有似无地划过她的红唇，他温柔道。

噶？有点危险，张佳乐愣愣地看着司马彬，他——他——他什么时候学会运用他的美色了？！平时的他已经够叫她沉迷的了，更何况现在他现在还摆出一幅柔情似水的表情。

"好么？不要让我担心。"手指由唇上游移到了她的眉眼处。

"我……"她咽了咽口水，帅啊！帅得她几乎就想直接点头答应。不过，只是几乎，而不是已经。"我要去社团。"她闭上眼睛做最后的垂死挣扎。

"如果说，我想让你留下来陪我呢?"他俯下头，唇凑着她的耳边道。

耳朵好热，她可以想象她的脸现在红成了什么样子。全身的细胞都因为他的贴近而变得敏感。他的呼吸喷洒在她的耳边，如魅般的声音像在不断得荧惑着世人。= ^_^ =

"陪我……"沙哑的声音带着诱惑。

看来，对于美色毫无免疫力地习惯注定了她的败北。缓缓地睁开眼睛，张佳乐凝视着近在咫尺的脸庞。红润的薄唇，深邃的眼眸，停职的鼻梁以及那柔顺服帖的黑发，这样的脸，她究竟看到什么时候才会腻呢? 应该永远都不会吧，因为那是他的，所以她才爱 -.,- 。

"你明明知道我是喜欢你的。"她开口指责道。居然卑鄙得利用美男计。^V^

"恩，我知道。"他含笑道，"所以我更会好好地爱你。"他的人生，因为有她才变得精彩。

爱情，也许真的很伟大，能够让他感到疼痛的人，只有她，而他，也只因为她才会有痛。

是呵，她让他懂得了疼痛，而他则把他的感情，交付给了她。

无悔! 在花样的年华……因为真的懂得了爱……

她该是他一生的守侯。

任何人，都有可能碰上奇迹，而张佳乐最奇迹的事情，即可以说是发生在此刻。

校花，她居然当上 J 学院的校花，若说出去，恐怕没有人会相信。平板的身材，以及中性化的脸庞，当上校花怎么看都有作弊嫌疑。

不过据妮妮说，她之所以能当上校花，选票是最根本的因数。387 的高票数，比起第二名整整相差了近 50 票。这要归功于校园文化祭的时候她的男生扮相，将许多的中间力量拉到她这边了。

这……也算是她受欢迎的象征吗？

手上捧着可笑到极点的校花奖品———一顶镀银的皇冠，张佳乐站在司马彬的面前，呐呐着，"彬，我好像当上校花了。"用了"好像"这词，只不过是因为她到现在都还在怀疑自己是不是做梦。

"不好么？"司马彬双手环胸道。

"是有点让人难以置信，我怎么看也不像是当校花的料啊。"她恐怕会成为 J 学院历史上最男性化的校花了。

"你就是你，是不是校花又如何呢。"抬起手，他从她的手上拿过皇冠，"只要你爱着我就可以了。"

而他，也会一直爱着她……即使——她不曾是公主……

番外一：短信大作战！

"妮妮，你说我该怎么办？"～～>_<～～

张佳乐如丧考妣地望着好友。真是奇怪啊，这个近来爱情学业都得意的家伙，怎么突然变得这么丧气了？

卫月妮瞥了一眼痛心疾首的她，"怎么啦？你踩到大便吗？这个样子真不像你啊。"^_~

"不、不是啦！"—_—#

张佳乐快被这个落井下石的损友给气个半死，都什么时候了，她还在这边乱开玩笑！T^T

"那还能有什么事能把你的脸变成一坨便便啊，我的张大校花？"*^_^*坐在学校餐厅里的卫月妮一边照着小镜子，一边毫不在意地讽刺着好友。

"你那是什么话！".\/.张佳乐快疯了，连最好吃的炸虾也放弃了，瞬间以闪电般的速度从书包里拿出一个小小的东西递到卫月妮跟前，"你看吧，你看吧!! 你看

179

了就知道我为什么这么急了!" >_<

看她这个样子不像开玩笑, 卫月妮才慢吞吞地放下镜子看了她的手一小眼——原来是支手机, 外表很别致, 设计风格很粗犷, 色彩是银色跟黑色的搭配, 看起来尊贵而冷酷, 一看就知道不是女性用的, 话虽如此但还是非常吸引人"哇, 校花呀, 什么时候买了一支这么拉风的手机? 你不是已经决定要当个好女人了吗?" 可是, 她也好想要一个喔! *0*

—_—#"你少罗嗦了……"张佳乐受不了地说, "这是司马彬那臭小子的!" 讨厌讨厌, 讨厌的彬, 如果不把这件事弄清楚, 她张大小姐一定不会善罢甘休的!

"喔? 司马彬变成臭小子吗? 什么时候的事? 我记得之前他在你眼中可是香得不得了喔!"—0—啊啊啊啊, 真是好困¯¯¯, 为什么司马彬还不过来把这聒噪的女人带走呢? "你把他的手机偷来用啦? 真是很漂亮诶……"

"你白痴啊!"张佳乐直翻白眼, 然后粗鲁地将长长的手伸到卫月妮眼前, 惹得她赶紧向后一缩, "死校花, 干吗这么夸张, 什么事啦?"

"你给我看这条短信啊!!"张佳乐的声音中简直带上了哭音, "我们才彼此告白多久呀, 就发生了这种事情, 555555……" ~~ >0< ~~

卫月妮赶紧看了看那蓝色小屏幕上的一行字。只见上面写着: "亲爱的小彬彬, 我最近要回国啦, 目前暂

时住在 XX 酒店里，有空去我下榻的地方"做做"吧，我可忘不了你那令人喷血的魔鬼身材跟天使面孔哨。"结尾的署名是：爱你的小静。

=口＝天啊！现在只轮到卫月妮目瞪口呆的份了——自来知道司马彬是个不苟言笑的男生，可没想到私底下竟然是个闷骚的家伙啊，这、这、这分明就是他在外面花心的证据呀！竟然也不懂得吃完后抹抹嘴……真是个大笨蛋！管他是谁，伤了乐乐的心就是大混蛋！. \/.

"乐乐，你认识这个叫静的女人吗？她是什么来头？我还以为司马彬是个君子呢！哼！"

张佳乐傻傻地摇头，"我不知道啊……"原本以为彬身边的女生就高净滢而已，在那次风波后已经平息，可谁知道这个"静"从天而降，甚至对彬说这么露骨的话！就算是身为彬女友的自己，也没有这样挑逗过他……不过，话又说回来，张佳乐丧气地想，自己从来就是有色心没色胆而已，要让她这样对彬说话，还不如一刀杀了她干净！>_<

"你是怎么发现这个东西的？"卫月妮显然打算插手同学的恋爱风波了，说什么也不能让死党给臭男生欺负去了啊！她这就代表月亮惩罚那个花心的司马彬！

"就今天早上嘛！彬他先走了，我看到他的手机放在沙发上，可能是忘记带了，就好心想说帮他带到学校里啊，可是……"她一下住了嘴，因为她看见好友的脸上浮现出了魔鬼般的奸笑。

"哦活活活活……你们竟然住一起了?！OHMYGOD，真是好羡慕喔!"＜@_@＞妮妮花痴地朝着张佳乐笑，但那笑容中也包含着很多、很多戏谑的成分。

"死妮妮，你要死了!"张佳乐少见地红了脸，都怪彬啦，在司马伯伯面前也不懂得帮她推辞一下，"那是彬他爸爸要求的啦！我也没办法啊!!"=^_^=

司马横岭表面上说未婚夫妻应该住在一起增进彼此的感情，其实他是为了天天能看到准儿媳妇在跟前晃来晃去才是真。

"嗯嗯嗯，你们已然迈入小夫妻的生活了，真是好好喔¯¯¯想不到你居然比我还先嫁出去，原先还以为你要娶老婆的哩……不过也不对，你那么好色，怎么可能会娶老婆嘛¯¯"卫月妮还在一旁喃喃自语，丝毫没发觉旁边用餐的同学都盯着她们看，张佳乐恨不得用个大馒头将她的嘴堵住，又巴不得自己可以钻进地缝中从此不出来——臭妮妮！这下好啦，被全校同学知道她住在彬家，真是丢脸死了啦。～＞0＜～

"对了，不要转开话题!"妮妮笑够了将脸转向张佳乐，"你是不是偷看了未婚夫的手机？嘿嘿，这可是很重要的喔，手机可以泄露一个人的秘密¯¯"

听了她的话张佳乐的脸又红一下，"这个……"

单眼皮的[鱼]

^-__^////虽然已经有了婚约，但是偷看人家的隐私仍然属于不道德的行为，"我，我那是不小心看到的啦！"她心虚地辩解着，但明显地不怎么得力。

"唷，您怎么就这么不小心呀，连人家好几天前的短信都看到了。"妮妮故意拖长了那个"您"字，戏谑的笑容又爬满了她的脸。*^V^*

"那、那是因为他的收件箱里面只有几个短信而已啊！这个就是第一个嘛！"—_—b死妮妮，这种丢脸的问题就不要再提出来说了嘛！

"啊？你说的是真的吗？"妮妮的笑容突然消失了，"那就有点奇怪喔˜˜"她抬起头，开始思索起来。

"奇怪？有什么好奇怪的啊？难不成你认识这个叫小静的？"一根筋的张佳乐还没搞清楚状况，?_?

"拜托，这是你男朋友的地下情人诶，连你自己都不认识，我怎么可能会认识她？"妮妮不以为然地看这她，"我在奇怪的是为什么这封短信司马彬会一直留在手机里，还留了这么久都不删除，他难道就不怕你看见吗？"

"对喔……我怎么都没想到！"张佳乐一拍大腿，更像一个男生了，"他为什么要这样呢？以前的彬对其他女人都是不屑一顾的呀！"

"嗯……既然如此，唯一的解释就是，这是叫做静的女人一定是他相当在乎的人……只能这样认为了！"

::＞0＜::"什么？哇˘˘我不要啊……"张佳乐听好友这样说，马上热泪盈眶，"彬他太过分了吧？他不是这样的人……"她可不相信彬会三心二意呢！

卫月妮瞥了含悲忍泪的她一眼，"谁知道呢？那不然这个短信怎么解释呀？"

"这个……"张佳乐垂头丧气，不知道该说什么才好。

"乐乐，不如我们试探一下，给那个女人发个短信看看？"卫月妮的眼睛登时一亮，"你可是司马彬的正式女友诶˘˘就是这个主意！"^0^0^

"啊？"张佳乐一惊，"这样……好吗？"这毕竟是彬自己的私事啊，如果他不愿意告诉自己，就算是把这件事挖出来，也不是张佳乐愿意要的结果——她希望的是由彬自己来告知到底发生了什么事。

"哎呀！都这么几天了他还没有跟你说，明显地是不想让你知道嘛！而且，你也有权利知道真相啊！赶紧的，拿出手机来！"她说着就自动自发地拿起张佳乐的书包，拿出了她挂着"网球王子"Q版娃娃挂件的手机按了起来。

"喂，彬吗？我是静。"顾静一边笑着，一边跟好友打电话——因为想念自己的那帮死党，他可是乘着春假瞒着父母偷偷跑回国内来玩的，没想到一回来就发生了

如此有趣的事情，而这事非得告诉那个平时一本正经的彬不可！^0^

"静?"司马彬不禁皱起了他好看的眉，"不是说好了我周末再见你吗?"这几天他父母都说要他留在家里陪乐乐，真拿他们没办法——而且话说回来，近两天来乐乐也怪怪的，魂不守舍让人以为她有什么病要发作了，想到这里。不禁又让他感觉到了一点点的痛。

"哈哈哈哈，我可等不到周末了！这里有几通很有趣的短信想要给你看看诶~~你想不想看看我跟你未婚妻之间的深情交流啊? 哈哈哈~~"*^_^*

顾静在电话那头嚣张的笑声让司马彬再度皱眉，然而他更关心的是对方所说的话，"什么短信?!"不可能，他怎么会认识乐乐的?

"你等一下啦，我正在给你发马上就到，哈哈哈哈……"

什么乱七八糟的！司马彬有些莫名其妙，但既然对方已经挂掉了电话，他也只好不跟那家伙罗嗦了。

等了几分钟，果然有短信铃声传来，司马彬无奈地打开，却看到的是一个陌生的号码传来的短信。

"彬彬你好，你还记得我吗? 你不要忘记你我之间的约定，当我让你痛彻心时，你就要爱上我唷!"结尾的署名是小妮。（呵呵呵呵，可不是乖宝宝作者我喔^0^）

这是什么？司马彬确定自己不认识这个电话号码，小妮又是谁？她怎么知道自己跟乐乐之间的约定？他仔细想了想，难道……

原来如此，司马彬认为自己想明白了。接着他又收到一个短信，是静发来的。一看之下，他对自己的推断更加确定了——乐乐跟卫月妮那两个女生，一定是想太多了！难道他就这么不值得信任吗？

顾静发过来的短信上写着："不管你是谁，不管你是什么样的女人，彬已经跟我订婚了，拜托你千万不要来破坏我们喔，我不太擅长跟人家抢，不过我跟彬的关系是很好很好的！麻烦您～╰"

—_—#这小妮子！即使冷漠如司马彬也觉得自己气得快要发笑了——好吧！那么他就要乘这个机会好好教训一下这个不信任他的傻瓜女朋友！>0＜

"乐乐，怎么办？他们都有回信诶！"卫月妮小心翼翼地拿着电话走到张佳乐身边，"哇哇，真是好不要脸喔！"

⊙.⊙真的有回信？张佳乐的眼睛都瞪出来了，正在吃拉面的她差点噎住，一双手胡乱地在空中挥舞着。

"乐乐你别慌呀，来来来，喝点水……哎呀，真是的，看司马彬那臭小子把你折磨得，真可怜。"

张佳乐努力地吞下那差点让她挂掉的拉面，一把接

过卫月妮的手机，迫不及待地阅览着上面的邮件。

第一条是那个叫"静"的女人发来的。

"亲爱的司马彬的未婚妻 JJMM，你好啊～～您实在是太客气了！我怎么可能会跟您抢彬呢？彬他肯定是未婚妻大人您的，我只不过是他的地下情人而已——"

第二条还是那个女人发的。

"千万不要同情我唷，可怜我家道中落，是彬救了我，我只好卖身报答他了。放心，彬绝对没有强迫我做任何不该做的事，我跟着他都是自己愿意的，以后我们和平相处吧，一起服侍彬好了……"

看到这里张佳乐已经没办法继续下去，"妮妮，我简直无法相信！"—_—b

"就是说啊……乐乐，这怎么办呢？真想不到二十一世纪了还会有这样的女生诶！实在是太恐怖了！我们要是说出去，彬会不会坐牢啊？"卫月妮已经开始担忧起来。

张佳乐听了吓一跳，"怎么可能，彬他又没有做什么坏事，为什么要被抓去关啊？"无论再怎么生气，她可不要看到彬被关进监狱啊！>0<

"你看，还有更精彩的哩！这一条是司马本人发过来的，你自己看看吧！"

0_0 "什么？彬也回信了？"张佳乐吓得下巴都掉在地上，"这怎么可能？"彬是个那么酷的男生啊，平常就很不喜欢发短信，怎么可能会去回复一个奇怪的人发的信息呢？她连忙去阅读小小荧屏上的字句。

"我们之间的约定，我永远也不会忘记的，希望你也不要忘记了才好。还有，你如果喜欢我，就要相信我的心，我是喜欢你的。"

张佳乐倒抽了一口气，几乎想昏倒——天啊，她完蛋了！~ >0 < ~

"妮妮，怎么办，彬真的喜欢上其他人了!! 他从来没有对我说过这样温柔的话嘛！"

卫月妮无比同情地看着哭得比小白菜还可怜的某人，"真是知人知面不知心……我还以为司马是个很负责的人哩！那我们下一步该怎么办呢？"

"不行，我要去问清楚！"张佳乐实在无法忍受了，她这就想迈步走出拉面馆，可是却被卫月妮死死地拉住了。

"怎么了妮妮，我不能去找他问清楚吗?" >0 <

"拜托，不可以啦!"卫月妮小小声地说，"你想想啊，如果你直接去问他，他肯定不会承认的啦，反而会说你偷看他的手机侵隐私诶！我们应该掌握更多的确凿证据，让他不能抵赖才可以！"

"这个……"想想看的确是自己先偷看了人家的东西，虽然说彼此已经是未婚夫妻了，但做这种偷窥的是究竟是自己理亏啊，"那我是不是该再给他发一次短信

呢?"她思索着问卫月妮。

"哎哟你这死丫头总算开窍了。"卫月妮做松了一口气的样子,""咱们还得给他发短信,最好约他出来见面,然后再把他那个地下情人一起约出来,这不就人证、物证都全了吗?"卫月妮觉得自己真是聪明死了!

"话是这么说……"张佳乐还是有些不放心,"可是这样做好吗?"虽然她也很想知道结果,但是,说心里话她不想这样考验彬——在某种程度上,她宁愿相信自己心中所认定的司马彬,而不是这个发了奇怪短信给陌生女孩的男生。

"你该不是在怕吧?"卫月妮给了她一个"胆小鬼"的眼神。

"怕?为什么啊?我可什么都不怕啊!"

"哼,那你为什么不敢去跟他对质?"卫月妮瞥着她,"我看你就是怕这一切都是真的,不敢去面对吧!"

+_+轰隆轰隆~

卫月妮的话像是冬雷震震,把张佳乐给震呆了——原来,她怕的就是这个……

看她沉默,身为她好友的月妮就不好再打击她啦!"乐乐大校花,勇敢点嘛!何必单恋一枝草呢?咱们弄清真相再来决定是否把那家伙三振出局!你放心,我一定会把你这件事办妥的!"

经过这一系列的打击张佳乐已经彻底的石化,只能晕晕乎乎地任由卫月妮摆布了。

　　"司马，你猜猜你的小未婚妻又给了我什么样精彩的回复呢？哈哈哈哈～～我实在是等不及想跟她这么有趣的女生见面了！"果然是联想力丰富的人种啊，女生！顾静在心中坏笑。

　　"姓顾的我郑重提醒你，不要再给我捣乱。"司马彬就知道有人在背后捣乱才导致乐乐这几天这么奇怪，"小心我明天找你麻烦！"他的声音不大，但是非常的危险。

　　电话那头的人声音还是贱贱的，"哎哟哎哟，我好怕怕喔～你明天要过来揍我吗？可是我没空诶～你未婚妻约了我在咖啡馆见面喔！我的魅力可比你大吧！"接着是一阵非常嚣张的笑声。^0^0^

　　"你说什么？"司马彬再好的脾气也忍不住了，那种隐约的疼痛又开始作起祟来——能为他带来疼痛的，只有那个女人！"你讲清楚！"

　　"我转发给你吧～你看了就知道了。不过，看了之后可别失去生活的信心喔～输给我并不可耻，而是你的光荣，BYE～"^^V

　　切～～司马彬没好气地挂了电话，不一会儿短信就到了，上面写着："亲爱的小静，很对不起，我们跟彬之间的事情迟早是要解决的，这样下去不是办法。我想

跟你见一次面，不知道你明天是否有空？如果可以的话，我们中午在小白兔咖啡馆见面可以吗？"最后署名是张佳乐。

那小妮子，究竟在搞什么鬼？是在用卫月妮的号码乱来吗？怪不得每天回家来都阴阳怪气的不理他！难道她真的跟静认识了吗？>0<

正想着，短信铃声又响了。司马彬心烦意乱地打开手机。

"亲爱的彬，如果你还喜欢我，明天中午可以到小白兔咖啡馆来见我吗？拜托了！！请求你不要让我失望！你的小妮。"

看了这封短信，司马彬有点明白了。

他立刻回信。

"明天我一定到，你一定要在那里等着我，咱们不见不散。"结果他像是为了要气张佳乐似的在最后破天荒肉麻地加了一个"爱你的彬。"

他几乎可以想象得到张佳乐在手机面前跳脚的样子——哼，气死你，谁让你们不信任我！T^T

明天中午在小白兔咖啡馆是吧——这是哪个白痴取的名字，听了就讨厌！.\/.

因为心情不好，连咖啡馆都连带着被司马彬在心里骂了个半死。

为了安全起见，张佳乐穿了一身黑衣服戴上了帽子、墨镜跟口罩跟在卫月妮身后，鬼鬼祟祟地进入了小白兔咖啡馆，却不知道她这身打扮更让人注意她。—_—#

　　卫月妮找了个地方坐下来，张佳乐赶紧坐在她身边，两个人开始发送短信。

　　"我已经到了，小静你呢？如果你怕不认识我，可以看到一位洋娃娃般可爱的淑女和她身边一个包裹成黑色的太空人，到时候就不会人错了。"

　　—_—b过分！张佳乐在心中郁闷，可是看了看自己的打扮，又没有什么话好说——谁叫她今天担任的是"捉奸"的职务呢？

　　不过……彬真的会出现吗？难道他平常对女生的邀请都来者不拒吗？回想以前他可绝对不是这样的人，看看自己追求他有多辛苦就知道了，哼！还是，他现在改变了……

　　"啊啊，回信了回信了！"妮妮在一边小声地叫着，一边拉拉张佳乐。

　　妮妮慢慢念出声："我早就来了喔，两位美眉我都看见了，你们手上拿着橙色的手机，好可爱喔……"什么?! ?_? ?_?

　　两个人立刻像惊弓之鸟一样从座位上弹起来，惶恐地左顾右盼着，可是周围的人不是在喁喁细语就是在静

静品茗，根本没有人在看她们两个。而且，周围的客人都没有落单的，更没有落单的女人。

天啊，难道是见鬼了吗？张佳乐跟卫月妮简直是欲哭无泪，这时有种"我在明敌在暗"的感觉，真可怕啊！T_T

"乐乐，你说……会不会那个女人故意在戏弄我们啊？"

"不、不知道……可是周围都没有女人嘛！"总算张佳乐的胆子比较大，她又一次环顾四周，还是没有单身女人的影子。

这时候，短信铃声又响起来，两个人的眼中都浮现出有些恐惧的神色，卫月妮摆摆手表示不敢看，把手机交给了张佳乐。

没有办法，她只好低头打开那封短信，只见上面写着："穿黑衣的美女，你的外形不错喔，彬原来有喜好同性倾向啊，怎么我都不知道呢？其实我跟彬认识已经超过十年了，居然没发觉他有这个癖好，真是可惜呀！"

"什么嘛！"张佳乐气坏了，顾不得奇怪跟害怕，她亲自回了一封短信给对方。

"静，你不要躲在背后藏头露尾啦！是女人就站出来跟我正大光明地斗啊！我打败了很多情敌才跟彬相爱的，我根本不怕你！.\/."

发送完这条消息之后，她觉得舒服多了。哼，不管对方搞什么鬼，张佳乐可是不会怕任何东西的。

没过多久，那人又回复了。

"嘿嘿，我才不站出来呢。我只想告诉你真相而已。你以为彬跟你在一起是因为喜欢你吗？NO，NO，那是因为他喜欢男人却又不敢说，才选中了男人婆的你……哈、哈、哈、哈……"^0^0^

张佳乐快被那个人气死了。现在的问题已经不上捉奸，而是那个人大大肆诋毁彬的形象。这种坏人不抓来就地正法怎么能行？

正当两个女生无计可施的时候，手机短信铃声再度响起。

什么？这次那家伙甚至不等我的回复就开始偷袭了吗？真是无耻啊！T^T

"你们到了的话快出来，我在咖啡馆门口等你们。"

⊙.⊙这是什么？张佳乐仔细一看，"妮妮，这是彬发的！他已经来了！叫我们出去呢。"天啊，她从来没有觉得这么安心过，虽然目前的状况基本上是彬要来约会他的地下情人，可是不知道为什么，张佳乐却觉得万分的安心。

"啊啊，太好了，我们快去找他，这里太诡异了啦!!"～～>_<～～

"不，不可以啊！"张佳乐抓住她，"我不能在这里看到彬啊！"这怎么好意思，本来说是来捉奸的，结果

单眼皮的[鱼]

却丢盔弃甲地跑回彬身边，不被笑死才怪呢。

"不，我可不管了～～啊啊？对了，他刚才说'你们'？"妮妮宛如大梦醒来，"你确定他说的是'你们'吗？"她突然有一种不好的预感——似乎被耍了。

"对啊，他怎么知道我们是两个人呢？"

两个女生还在唧唧喳喳地一头雾水，司马彬已经等不及了，他大步走入那个有着可笑名字的咖啡馆，只想快点把自己那个傻瓜未婚妻抓出来。

"张佳乐，你给我出来。"司马彬低沉的声音在宁静的咖啡馆内响起，立刻所有人的眼光都被他特殊的风采给吸引住了。接着就顺着他的目光，看到了两个神色古怪的女子。

"那个，彬，你听我说……"张佳乐再迟钝也能发觉司马彬的面色不善——那当然啦，有谁被女朋友发现外遇会开心的。

谁知道司马彬并不理会她，直接掠过她走向最角落的一张桌子。

张佳乐的心一寒——难道彬真的在这里约会吗？她情不自禁地跟着司马彬的脚步。卫月妮当然不肯放过这出好戏，她连忙跟在后面。有司马彬在，她可不怕任何人。~V

"顾静，滚出来。"

司马彬站在一个单独坐在一角的男生旁边，伸手抓

195

住他的肩膀。

那人原本还在发短信的样子，见了他们三个，立刻笑嘻嘻地站起来。

"嘿嘿，好巧啊彬，你也来这里约会是吧，那我不打搅你了……"

"站住！你在发的东西给我看看。"司马彬的声音比任何时候都要来得冷，他不容对方闪躲，直接将顾静手上的手机抢了过来。

"怎么样？没想到彬有这一面吗？如果我们继续交往下去，你将知道彬更多不为人知的……"后来明显是因为有打扰而来不及写下去了。

看到这几行字的张佳乐眼睛都瞪成了两个灯笼——她怎么也不敢相信眼前这个高高大大的男生就是她们要找的所谓"情敌"小静。

"你……是小静？"可恶，他要是敢承认就杀了他……

"嘿嘿，我就是啊～～"^__^

"你这个神经病，为什么装女人骗乐乐啊？"此时的妮妮已经恢复了她的胆量是精神，立刻跳出来为张佳乐打抱不平，手指的指尖都快戳上了顾静的鼻子。

"这位小姐，我有告诉过你们我是女人吗？一切都是你们被害妄想搞出来的事啊，我只不过是配合你了一下下娱乐自己，这难道犯法啊？"

"你——"卫月妮也问住了，也对啊，人家的名字就叫静，男生叫这个名字也不犯法嘛！都是她们两个人也不多想想就断定人家是女的，而且还是彬的情人，哎！=^_^=

"哼，不管怎么说你也骗了她们，给我带来一堆麻烦，看我等一下怎么收拾你。"司马彬提起顾静的衣领——虽然两个人身高都差不多，但是一脸酷酷的司马彬在外形上看起来就是要比笑嘻嘻的顾静要有威严得多。

"哎哎，我亲爱的彬啊，你就饶了我这次好嘛`~看在小时侯我俩曾经互许过终身，你也不该把为夫欺负成这样吧～～哎哟、哎哟～～谋杀亲夫～~5555555"

此时大家都目瞪口呆地看着一个满脸恼怒神色的帅哥紧紧地捂着一个脸蛋已经扭曲了的家伙的嘴，将后者拖了出去。

好家伙！从来没见过彬发这么大的飙，张佳乐已经来不及好好咀嚼那家伙刚才说了什么，只能犹如机器人一般地跟着前面两个人走出了咖啡馆。跟在最后的卫月妮则一脸的坏笑——天啊，原来彬小时侯有这样的糗事啊，嘿嘿，她非要找那个叫顾静的家伙问清楚不可！-.,-

"你就那么不相信我？"坐在家中舒适的沙发上，司马彬阴沉着脸问张佳乐——这死丫头，真把自己的话都

当耳旁风了！>_<

"我、我没有……"张佳乐反驳，可是却隐藏不住一丝心虚，在看了对方一脸"不要狡辩"的神色时，她反而觉得伤心起来，"我也不想怀疑你啊！可是你不是什么也不跟我说嘛！"

这——司马彬一愣，"你说什么？"

"我不想干涉你的私人生活，可是我也希望我们之间的距离能够再近一些啊！我也想知道小静是什么人，他来干什么，你的好朋友都有什么人……可是我全部都不知道，你好像也没有打算要告诉我。我虽然住在你家，可是对你的了解还是不够多啊！"~~>_<~~

"乐乐，你……"司马彬没想到张佳乐是这么想的。原来自己虽然喜欢她，却并不明白怎么呵护这份爱情！

"对不起……"过了好一阵子，司马彬拉着她的手轻轻地说，"其实我以为没有必要告诉你，看来是我错了，我应该跟你分享我的一切的。"

"彬?!"这会儿张佳乐反而呆掉了，彬在跟她道歉？这件事可完全不是他的错啊！"不是的，我不是在怪你，是因为……是因为……"她一下子不知道要说什么才好——她并没有任何责怪彬的意思啊！

"乐乐，听我说。"

"什么？"

"静的名字叫做顾静，照顾的顾，安静的静，是一

个跟我同年的男生，我和他从小一起长大，不过在读高中的时候他家就全家移民到国外了。这次他乘着学校放春假才特意瞒着他爸爸妈妈溜回来看我们这些以前的好朋友。我没有告诉其他人是不想给静惹麻烦，因为他的身份特殊，被人知道私自出走会很不方便的。我现在把一切都告诉你，还来得及么？"

　　司马彬的神色诚恳，看得张佳乐几乎要流下感动的泪水，"彬……"好感动喔～～彬把一切都告诉她了！*0*

　　"那么，你不会喜欢上其他的女生喽？"^_~

　　"如果你继续这样疑神疑鬼，就不确定了。"—_—#

　　–_ _ _ –∣∣∣讨厌的彬，你就不能让我放心一下呀。"那就是说咱们以后都不可以互相隐瞒任何事，对吗？"

　　"基本上是这样没错。"

　　"那么你会什么都告诉我吗？"嘿嘿，嘿嘿，刚才离开咖啡馆的时候妮妮特地拜托她一件事，这样就可以完成好友的委托了。

　　"那么，是否可以告诉我……"她开始吞吞吐吐的，这是很少见的情况，然而司马彬仍旧处于浓情蜜意中，丝毫没有发觉不对劲

　　"你什么时候变得这么婆婆妈妈的了？要问什么就问吧，今天我大放送。"开始还觉得这小妮子挺开朗咧，

最近是怎么了？恋爱真的能改变一个人吗？司马彬无力地想。可是一转念想到自己今天的所作所为，他不得不承认，爱情的确能够使一个人产生巨大的改变。

"那……可不可以麻烦你告诉我详细的经过，你小的时候——是怎么成为静的老婆的？"她、问、了！她终于问出口了！

－＿＿＿＿＿＿＿－｜｜｜｜｜一阵可怕的沉默。

"张、佳、乐——"一声咬牙切齿的爆吼响了起来！

番外二：卫月妮的初恋

华灯初上，万家灯火璀璨，瘦小的卫月妮拖着大书包走出教室。

这日子真叫人郁闷哪，她在心里感叹着。T_T每天上课下课，学校、家两点一线，单调又无聊。现在才初一耶，等念完高中还要多少年哟，想起来就觉得可怕~ ~ >_< ~ ~

如果能一觉醒过来就已经长大，不知该有多好！！哼，那些想着回到过去的大人，一定早就忘了这种黑暗时代吧。什么青春无价！什么无忧无虑！每天都有一堆课、连看电视时间都不多、没有花裙子、穿着这种灰扑扑校服、零用钱老是不够的岁月，谁能开心得起来啊！—_—#

还是快快长大吧。T_T

长大了，可以不用管爸妈定下的门禁；长大了，可以从头发长短到鞋跟高低都自己决定；长大了，想看什么书就看什么书……说到看书，明天一定要去书店看看，不知道上次订下的《美少女战士》到了没有，嘿嘿嘿嘿……

胡思乱想着，走到了学校附近的便利店。卫月妮进去买了一袋牛奶，边喝边走向马路对面的一条小暗巷——这是通往她们那个社区的捷径。

"GIAGIAGIAGIA ˇˇˇˇˇˇ"一阵怪声忽然响起。

卫月妮抬眼望去，借着远处的一点灯光，看到巷子的拐角处有两个大块头倚墙立着。

0_0打劫?! 不会这么倒霉吧！～～>_<～～

也许只是两人没事在那里闲晃，不要慌不要慌，很平常地走过去就是了。

她压住胸口安抚怦怦跳的心，慢腾腾地朝两人走去。ΘΘ一步两步三步，四步五步六步……好险，没被拦住呢! (^_^)

卫月妮心里正高兴，就听见一个又粗又低的声音响起："同学 ˇˇˇˇˇˇ"

卫月妮吃了一惊，手一紧，手上的牛奶从袋子里飙出来，洒了一地。

卫月妮舌头打结："什，什么事?"

左边的大块头（估且称为大块头甲）出声："你说呢?"他伸出手。

卫月妮装傻，装出心疼万分的样子："你也想喝牛奶?" T_T

大块头乙骂出声，"谁要你的鬼牛奶! 要那个! 要那个!"

"哪个?"不知道装出蠢蠢的样子会不会成功? 卫月妮抱着侥幸的心理把装傻进行到底。

"靠! 零用钱! 借点给哥哥买点日常用品嘛!" XXKTV 的老大常说：头可断，发型不可乱! 血可流，皮鞋不可不擦油! 所以作为一个梦想成为大佬的有志青年，什么发雕鞋油的支出是必不可少的! ^^V

"我，我没有……"她抓紧了手中的书包。本来零花钱就不多，还是在家努力表现多做家务得来的，买买零嘴也就没了，看上的小说啦漫画啦都要斗争许久才舍得买，现在，有人竟然想不劳而获?! 真是太可耻了! ._./.

"什么?"大块头甲很不爽有人这么不识相，一把夺过卫月妮的书包，打开，哗哗哗地把里面的东西通通倒出来，课本、圆珠笔等学习用品撒了一地。大块头甲拿起地上的粉绿钱包，打开，不禁诅咒一声：SHIT! 才这点钱! 都不够老子买包烟! 现在的小孩不是都很有钱吗? 怎么这么衰遇上一个穷光蛋!"

"妈的! 气死老子了! 白白等了那么久!"大块头乙怒气冲冲，狠狠地把卫月妮的空书包踢远，似乎还不解气，又用脚狠狠地踩上卫月妮的美少女战士文具盒。

T^T哦，她的夜礼服假面！这个人太过分了吧！>_<

卫月妮气得发狂，却又不敢冲上去把文具盒从大块头乙脚下解救出来 ～～>_<～～

什么叫鸡蛋碰石头，她还是了解的！这两个人块头这么大，只要砸一砸，估计自己就要碎掉了，555555˙˙˙˙˙每次月野兔倒霉的时候都有又帅又英俊的夜礼服假面先生出来英雄救美，她呢，也不指望有帅哥出现啦，能有人从这边经过，把人吓跑就感激不尽了……55555˙˙˙˙夜礼服假面先生……她刚买没多久的文具盒…… ～～>_<～～

心里又疼又想哭的时候，巷口突然有人走进来，清清脆脆的声音响起，仿如天籁："你们干什么?！这样欺负一个小姑娘，太丢人太无耻了吧！" >_<

好好听的声音！卫月妮转头看过去，发现一个短发少年从巷口走过来，他穿着一套蓝白条纹的运动服，高挑挺拔，步履轻快。

卫月妮眼泪飙了出来，看来没什么指望了啦，这个瘦高瘦高的少年，肯定打不过大块头甲乙的！

大块头甲乙互视一眼，其中一个道："臭小子，少管闲事！". \/.

少年横了他们一眼，笑起来，"这种闲事，我就是

管定啦！反正闲着也是闲着嘛～～"

"既然你不识时务，就别怪哥儿们对你不客气了！".\/.

少年吐吐舌头："不客气？怎么个不客气法？我好怕哦﹁﹁﹁﹁"(⌒^)

"靠！兄弟，上！给他点颜色瞧瞧，让他知道知道我们乒乓二人组的厉害！"

"乒乓二人组?!"少年"扑哧"一声笑出来，=_=^"好锉好耸的名字哦！是你们很会打乒乓很爱打乒乓，还是经常被人当乒乓球打啊？唔，以你们体型来说，也是蛮适合当球让人打的﹁﹁﹁﹁喂，我跟你们说，叫这种名字的组织，是没有途的啦，还是早点改名吧！"

"臭小子！"大块头甲乙被他这么一耻笑，恼羞成怒。竟敢说他们胖得像球，真是不知死活!! 哼，不知道有多少女生赞过他们英武神勇、身材又好又棒呢！

两人大喝一声，齐齐朝少年扑上去。

卫月妮尖叫一声闭上眼睛，不敢看少年被扁得满头包的惨样！～～＞_＜～～

果然，下一刻，惨叫声响起，却不是预期中的那个少年的声音！卫月妮睁开眼睛，发现三下两下，两个大块头已经被打倒在地。0_0

少年掸掸衣服上并不存在的灰尘，笑盈盈地对倒在地上、疼得龇牙咧嘴的大块头甲乙说："不好意思，刚

단라출믈쓰기

刚忘了提醒你们，我学过跆拳道，下脚有点重耶，痛不痛？"^_^

大块头甲乙爬起来，跑到安全距离，像所以小说电视里的混混一样，又回身撂狠话："小子，报上你的名来，好让兄弟记得是栽在谁的手上！".\/.

"我就是爱与正义的代表，美少、少年战士——张佳乐！"少年笑嘻嘻地说。

大块头甲乙"呸"了一口，转身跑掉了。

张佳乐竖起食指和中指比了个 V 的手势，转身要走，却看到卫月妮呆呆地杵在原地，好像是吓坏了。

"喂，你没事吧？没事的话，快点把书包收拾一下，赶快回家啦，家人会担心的！"(^_^)

卫月妮回过神来，擦去眼角的泪水，蹲下身收拾散落一地的物品。

张佳乐看她动作慢吞吞的，也过去帮她收拾。

"你是 X 中的学生？"张佳乐看到卫月妮的校牌，高兴地说："我们同校耶！你念几年级？我看看，初一七班卫月妮，嘿，我也念初一！"*^__^*

咦？卫月妮听他这么说，仔细打量他一番，发现张佳乐长得真不错。细长向上斜挑的双眸，短至耳际的头发带点散乱，挺翘的鼻梁配上性感的薄唇，堪称美男子了。卫月妮看得脸一红，点点头说："真的吗？好巧哦，可是我没见过你耶。"

张佳乐抓耳挠腮，"嗯，其实严格说起来，我还不算 X 中的学生啦，我是转校生，正在办入校手续，要下个月才去学校报到呢！我也是想提前熟悉一下学校的环境才会过来看看，没想到会碰上两个混蛋。"^_^

=^_^= 卫月妮眼中泪花直转，感激地说："真是太谢谢你了，要不是你，我真的不知该怎么办呢。我好怕那两个人冲过来打我 ~ ~ >_< ~ ~"

"哈哈，不用怕不用怕，以后我罩你！谁敢惹你我就揍谁……喂，你不要哭了啦！对了，现在还不知道会分在哪一班呢，搞不好我们会在同一个班级呢，如果真是这样的话，就要拜托你多多关照喽！"*^_^*

卫月妮不好意思，"如果真在同一班就太好了。"

"对了，"张佳乐摸摸下巴，露出一个帅帅的笑容，"听说 X 中有很多帅哥耶，是不是真的？我可是很期待呢！"^_~

"啊？"卫月妮呆了呆，"是有几个啦。二年级的陈学长、三年级的陆学长和李学长都是学校公认的帅哥。基本上，每个年级都有一些长相不错成绩优异的男生。"

啊，张佳乐打听这个做什么？难道是想比一比自己和诸位学长谁比较帅吗？汗~~~~

张佳乐笑得见牙不见眼。"真的啊，太好了！东西都收拾好了，我们走吧！":P

"嗯。"

两人走出小巷，来到明亮的灯光下。

"我要走这边，你呢?"张佳乐问。

卫月妮笑笑，"我们方向相反。"

"那我先走喽，再磨蹭，回家迟了，我妈可要剥我一层皮呢。"张佳乐挥一挥手。

卫月妮点点头，有点不舍得看他一步两步地蹦远。

"对了，"张佳乐忽然回过头，"我到学校报到的话，会去找你，你可不要当做不认识哦!"

张佳乐大笑着远去。*^__^*

卫月妮只到他消失在视线中，才转身一步一步地踱回家。

"我才不会呢!!"卫月妮大声喊起来，"我一定不会的!!"

她，卫月妮，一定不会忘记张佳乐的! 一定!!

"喂，学校对面那家租书店店主要搬家了，打算收了不做，现在所有漫画小说二至三折，下课后去看看吧?"

"我昨天和姑姑 SHOPPING，发现有条街的衣服偏宜又好看，放学后去看看嘛。"

"昨天晚上那一集你没看到太可惜了，简直精彩到不行! 我跟你说哈，那个男主角呢……"

"啊，你的感情线很乱耶，这样不好哦，烂桃花太

多简直……

　　……

　　初一七班，没有老师监督的自习课上，嗡嗡嗡闹成一团。

　　"风紧扯呼，风紧扯呼！"

　　走廊上，剃着杨梅头的少年是七班负责把风的，他猫着腰跑进教室，小声说一声："目标人物出现了，马上就要上楼来啦！"

　　教室有瞬间安静若死，下一秒，声音又嗡嗡嗡地响起来。

　　"啊，这道题目我又算错了吗？得出来的数字不对耶！"

　　"我终于把英文做完了！真是谢天谢地！"

　　"前面的同学，借一下尺子，我要画图……"

　　……

　　蹬蹬蹬，高跟鞋敲击地板的声音在走廊外响起，之后威严的女老师出来在教室里。感受到热烈的学习气氛，她露出满意的笑容。迎接着全班的视线，眼角的余光忽然扫到第三排那直直竖起的 16 开英文课本，抿了一下嘴。

　　"砰"的一声，脚撞击椅子的声音响起来。

　　卫月妮受了一惊，从课本后面抬起汗湿的小脸。

0_0

拍拍手示意同学们安静下来，她清清喉咙说："同学们安静一下。"

卫月妮抹抹额上的汗，呼了一口长气，露出一个虚弱的笑。T_T^

啊，竟然在自习课上睡着了，差点被逮到，好险好险 :P

不过，做了个不错的梦哦 =^_^= 她梦见自己在洗衣台洗衣服，而张佳乐站在不远处的开满了纯洁白花的柿子树下朝她微笑，她脸盆里的肥皂泡泡慢慢飘到空中，都是玫瑰色的……卫月妮迷迷糊糊地想着，脸上堆满了梦幻般的笑容。张佳乐，她想，她是喜欢上他了。=^_^=

"现在我要介绍一个新同学给大家认识。"老师的声音像是从很远的地方飘过来，越来越近，像是潮水终于拍到岸边。"向大家做一下自我介绍吧。"

新同学大大方方地走到讲台上，卫月妮撩起眼皮看过去，细长向上斜挑的双眸，短至耳际的头发带点散乱，挺翘的鼻梁配上性感的薄唇，穿一身卫月妮熟悉的 X 中的校服——灰扑扑的小西装，灰扑扑的百折裙……卫月妮的笑容僵住。

不会吧！不可能吧！！上天不会开这种玩笑吧！！

卫月妮心里慌慌的，忽然间坐立不安。

然而，下一秒，一个清脆的声音打破了沉默——

"大家好，我叫张佳乐！"(＾_＾)

"扑扑扑扑ˇˇˇˇ"卫月妮听见空气中的玫瑰泡泡纷纷破碎的声音。

欲哭无泪啊！

这日子真叫人郁闷哪！——卫月妮在心里大喊。

＞_＜

@＃＄％＆＊！

这就是卫月妮短暂的还未开始就不得不结束的初恋。她愤怒，她捉狂，却也只是无可奈何。谁叫自己没搞清楚状况，把女生认成男生呢——虽然不是只有她一个人认错，但也很丢脸啊。—_—#

FUFUFUFUFU，妮妮，你当初真的这么想啊！

张佳乐 SEND 过来一个贱贱的笑脸。

卫月妮噼里啪啦打下一串字：是又怎么样啊！＞_＜谁让你穿着运动服，留着短发，打扮得像个男生，还有，哪个女生像你那么能打啊！T^T

江山我有，美男在手：喂喂喂，偶要是不能打，当初可就救不了你喽！忘恩负义，小心眼！！偶又不素存心骗你的ˇˇˇˇ

妮的眼神：哼，如果偶早知道你的德行，才不会对你有什么想法呢，啊，你明明应该是江湖女侠，为虾米会长成花痴捏？

　　江山我有，美男在手：咳咳，美丽是任何人都无法拒绝滴，偶只不过素欣赏美，发现美，请叫偶绝对美学家！！嗒嗒嗒嗒嗒嗒

　　妮的眼神：叫帅哥侦探器比较适合你，哼哼！！

　　江山我有，美男在手：⊙.⊙喜欢帅哥又不犯法~~~~

　　妮的眼神：是不犯法，不过外貌协会会长，总是要有被人 BS 的心理准备的说 :P

　　江山我有，美男在手：被 BS 就被 BS，偶才不在乎呢！不过啊，妮妮，你决定好念哪所大学了吗？

　　妮的眼神：当然是大名鼎鼎的 S 大！！我从小学开始就定下了进 S 大的志愿，这素不可动摇滴！！

　　江山我有，美男在手：说到志愿，在小学毕业模拟考时考的作文是《我的志愿》，偶说偶要嫁给帅哥，结果被语文老师狠狠地 BS 了一通耶~~~~

　　妮的眼神：庐山瀑布汗！什么叫立志要趁早，偶总算是知道了！

　　江山我有，美男在手：给你看一个让人巨寒的签名档，FUFUFUFU~~~~

　　春天我把老公埋在地底下，

　　到了秋天我就有好多老公……

　　妮的眼神：弓虽，真的蛮寒的~~~~

　　江山我有，美男在手：偶。。。偶也想试着这么做，

不过。。。不过偶不喜欢太多的老公，会管人的，偶们要科学种植，偶觉得要先把老公与情人杂交嫁接后再埋比较好。。。。。。。还有啊，种子一定要优良才行啊，万一秋到结出一堆丑老公，那可怎么办捏？

妮的眼神：……

江山我有，美男在手：再给你传点笑话，暴强啊！！笑死偶不陪的说 T_T^

1. 一人在办公室老是放响屁，同事忍不住说：你能不能不出声？然后便见他坐在那摇来晃去抖个不停，问：干什么？回答说：我调成振动的了！

2. 一民工大便不通去医院作检查，医生检查后给此人开了一个药方，民工到取药处一看是一卷手纸，不解，医生说：以后不要再用水泥袋擦＊股了！

3. 某人第一次见到大海，感叹道："大海啊！母亲！"话音刚落，一个浪头打过来，正好打在他的脸上，此人怒道："我＊！还他＊＊＊＊是个后妈！"

4. 猴子拣到一个卡，于是爬到树枝上想看清楚是啥卡。不料一个雷击中了它，猴子哭着说："原来是'IP'（挨劈）卡呀！！"

5. 局长与科长共乘电梯，局长放一屁后对科长说：你放屁了！科长说：不是我放的。不久科长被免职。局长在会上说：屁大的事你都担待不起，要你何用？

6. 在一家时装店，我看到一个等得不耐烦的青年人对一个漂亮女孩说："你介意和我说几句话吗？"女孩好奇地问："为什么？""我妻子进这个店已经一个多小时了，但她如果看见我和你说话，她会马上出来的……"没等他说完，他妻子已快步走出时装店，挽着他离开了。

7. 某君开车内急，情急之下尿在空雪碧瓶里，趁堵车时奔下车想把瓶仍到垃圾桶里，被一敬职的巡警拦住，"瓶里装的啥？喝剩的雪碧？那你喝一口给我看看！"

8. 想你的感觉就想：炒菜没放盐；苹果不太甜；喝酒少了烟；逛街忘带钱。有空时我会想你，没空时我会抽空想你，实在抽不出空我就——什么都不做了，光想你！

9. 儿子每晚要和妈妈睡。妈说：你长大了娶了媳妇也和妈睡呀？儿答：嗯！妈说：那你媳妇咋办？儿说：让她跟爸睡。爸听后激动地说：这孩子从小就懂事！

10. 食人族父子打猎，其子擒一瘦子，其父曰：放，没肉！其子又擒一胖子，其父曰：放，太腻！其子又擒一美女，其父曰：带回家，晚上把你妈吃了！

11. 一条警犬看到马路上过来一条普通狗，就气势凶凶地跑去质问它：我是警犬，你是什么东西？普通狗不屑一顾地看看它说：蠢货，看清楚点，老子是便衣！

12. 男人有外遇之症状：公司天天加班，家务从来

不沾，手机回家就关，短信回完就删，呼噜震天，内裤经常反穿。对照检查符合三条属于疑似，四条可确诊。

13.、一只蜗牛正在路上行进，结果后面来了一只乌龟从他身上碾了过去，蜗牛被送去急救，当蜗牛神智清醒后，警务人员问他当时情况，蜗牛回答说：我不记得了，一切都太快了！

14.、大熊猫生日，吹灭生日蜡烛后，朋友们问它，许了什么愿望。大熊猫回答说："我这辈子有2个最大的愿望，一个是希望能把我的黑眼圈治好，还有一个嘛！就是希望我也能照张彩色照片。"

妮你眼神：太强了，好BT的说！

江山我有，美男在手：素啊素啊，我还有呢····

1.某人带一尊关公像坐飞机，为表恭敬，专门为之购一张机票并在座位上安排妥贴。时间到了却迟迟不见起飞，一会机场喇叭呼唤道："关云长同志，请速登机！"

2.两车相撞，甲指着乙恶狠狠地说：瞧瞧我的车牌号！00544（动动我试试）！乙也不甘示弱：你瞧瞧我的车牌号！44944（试试就试试）！

3."先生，我买的这辆自行车为什么没有车灯？广告上明明有的！""废话，广告上还有一个小姐呢！"

4.一精神病躺在床上唱歌，唱着唱着翻了个身，趴在枕头上继续唱。主治医生问他为啥。神经病：傻瓜，

A 面唱完当然要唱 B 面

5. 一个人很笨总找不到工作，一天他得到肯德基面试的机会。经理问他有什么特长，他说我会唱歌。随后，他清清嗓子唱道：更多选择更多欢笑就在麦当劳

6. 精神病人甲拿本书问乙："你看我写的这本小说怎么样"？乙看了看回答："不错．就是人物多了点儿!"这时，护士进来说："你们把电话号簿给我放回去!

妮的眼神：*^__^*

江山我有，美男在手：这个也很有意思——

单位同事老王虽年近40，却童心未泯，买了部新手机，还将所有储存的电话都设置了不同的个性铃声。这样一来，每个人给老王打电话，手机都会发出不同的和弦铃声。周末，我和老王及其他两位同事一块儿去公司附近的酒家聚餐。菜还没上，老王的手机便响起了一段欢快的小夜曲。老王冲我们点了点头，说："是朋友的。"便接了。菜上齐了，我们几个有说有笑地吃了起来。老王的手机又响了，这回却是节奏紧张的《义勇军进行曲》："起来，不愿做奴隶的人们……"有个朋友悟性较高，立即笑着说："老王，是你老婆的电话吧？快接吧，不接那才是最危险的时候到了。"老王有点不好意思地笑了笑，算是默认了。我们边吃边聊，谈起了单位上的事情，大家都对公司人事部胡主任的任人唯亲表示了不满。尤其是老王，一谈起他来，便不住地摇头。

大家正聊到兴头上，老王的电话又来了。这回的铃声竟是一个脆生生的童声："爸爸，接电话。爸爸，快接我的电话！"我们都忍不住笑了起来，不用问，一定是老王儿子打来的了。谁知老王接了电话，干咳了一下，小声地说了句："胡主任，你好……"

妮的眼神：也给你看一个搞笑的帖——

爸爸给儿子的铁血家规

鉴于你在你爷爷奶奶姥姥姥爷的纵容之下胡作非为，我跟你妈研究决定将对你断奶 3 天以示惩罚，留家查看以观后效，并决定对你实行强制管理，特制定家规如下：

一、嘘嘘要提前打报告，不得在床上、躺椅上、饭桌上，尤其是骑在爸爸的脖子上嘘嘘！

二、请不要再叫你亲爱的大姑是大狗，那对她是一种侮辱，如果你确实发音不够清楚的话，你可以选择闭嘴。

三、虽然你的牙齿已具有足够的攻击力，但你得明白，牙齿是用来攻击香蕉和菠萝的，不得用来攻击我和你妈，尤其不许咬我脸。

四、我知道你对电脑有兴趣，也打算把你培养成一个电脑天才，但敲键盘时不许用巴掌，要用手指，且不得把全身的力气都使出来。

五、显示器里出现任何你感兴趣的食物时，不得把嘴巴凑上去啃，并且不得把口水流到键盘上。

六、如果你对你的伙食标准不满意，可提出口头申请或书面申请，不得以摔奶瓶这种暴力方式引起高层重视。

七、犯了错误要写检查，写检查一定要态度端正，不得躺在床上撒泼耍赖企图蒙混过关，我知道你不识字，但你可以向你妈行贿要求你妈代写。

八、你喜欢音乐这很好，我也喜欢看着你随着音乐摇摆的样子，但不准在爸爸的肚子上跳舞。

九、当我厚颜无耻地向别人吹嘘你如何乖巧时，你应该学会如何照顾你老爸的面子，不得当着外人的面拽我耳朵揪我鼻子往我身上擦鼻涕。

十、当有人说你的皮肤不够白的时候，你应该虚心接受，不得表示愤怒，不得作出任何攻击性举动。

十一、如果奶瓶里的奶喝完了还不够喝可以要求加餐，不得举着奶瓶来回摇，理由如下：第一，形象不好；第二，也是最重要的，你摇也摇不出来啊。

十二、要牢记你大姑的教导，遇到比自己厉害的要巴结，遇到比自己老实的不要欺负，不得巴结比自己老实的不得欺负比自己厉害的。

十三、这是最重要的一条，不得向任何人透露此家规，尤其不得向你爷爷奶奶姥姥姥爷那帮军阀告状。以上家规自即日起开始执行，若以上规定受到你爷爷奶奶

姥姥姥爷等列强干涉而得不到有效执行，则自行作废。

江山我有，美男在手：啊，偶发现一个很好玩的游戏，要不要玩？

妮的眼神：虾米游戏？

江山我有，美男在手：造句。偶说一下游戏规则：逗号前后两个字应为"楼上"所出题目，"楼下"要先造完"楼上"出的题目的句子，才能给"楼下"出题目，题目为任意两个字的词组。

例如——题目：傻瓜

造句：他很傻，瓜子没吐壳就吃了。

好了，我出题：忘记妮的眼神：他老是忘，记不得要系裤带。汗~~~~好难哦，我出题：百合

江山我有，美男在手：昨儿你酒桌上说打斯诺克一杆轻松过百，合着你是瞎编的呀？我出：个性

妮的眼神：你们这一个两个，性子可真急啊！河北江山我有，美男在手：过了这条河，北边的房子就是我的家。上班

妮的眼神：早上早起去学校把课上，班上却一个人也没有，一看日期，原来是星期天，倒！重阳

江山我有，美男在手：他今天的心情很沉重，阳光那么明媚，他也高兴不起来。

妮的眼神：不服不行啊，对了，佳乐，偶妈催偶吃

饭饭，偶要下线啦，不能继续和你闲哈啦了，3166

江山我有，美男在手：郁闷˘˘˘886，要多想偶啊˘˘˘˘

卫月妮微笑着，下了线，关了电脑，走出书房。

华灯初上，万家灯火璀璨，这样的情景，总让人想起那些年少的事呢（^0^）

啊，啊，年轻真是好呀；尤其是今天能在我的世界中遇到这么投契的人，呵呵～～～

附　录

T_T	流眼泪的样子
~ ~ > _ < ~ ~	痛哭，十分伤心
⊙.⊙	睁着眼睛看着你
^_~	俏皮地向对方眨眼睛
* o *	陶醉
:p	吐舌头
@ _@	高度近视
< @ _@ >	醉了
o_o	盯着...
^o^	扮鬼脸，或者很得意，很自豪
O_O	吃惊
- _ -	神秘的笑容
^_^	快乐的人儿
– ‘ , –	裂开嘴轻声笑
^v^	很憨地笑
~v	成功了，高兴地笑，在用胜利的手势
(^–^)	欢喜

(^o^)	欢喜
* ^___^ *	大笑
= _ = ^	得意
=^_^=	脸红的人儿
*^_^*	脸红
= _ =	晕
+ _ +	昏迷
?_?	茫然，不明所以
$_$	贪心
~ _ ~	生气
T^T	生气
> o <	愤怒
. \ /.	愤怒
e_e	困，想睡觉
– _ – #	分特（分特 = faint、晕，即很无奈、很受不了）
– _ – b	流汗
– _ – ^	流汗
>_<	表示要发飚了，准备收拾人；或者极度郁闷
– 0 –	打呵欠
88	英语 byebye 的译音
555	呜呜哭的声音
ppmm	漂亮美眉

韩式青春校园小说

萌芽书系+新浪读书网+QQ读书网强力推荐

妮传奇

2005哈妮族与哈韩粉丝的星球大爆发！

肇因：一个叫小妮，一个叫妮子的两个可爱宝贝推出了她们的小说。

效果：一个以千万人计的"哈妮族"诞生，一个新的时代来临，一个用我行我爱为主题的潮流轩然而至！

"哈妮族"请注意："妮"传奇震撼第二波目前正要激炫推出！超in至助！ 炫足一百！

先声夺人哈妮族
火并哈韩Fans
声优全策划！

2005，"妮"传奇爆发！超级劲爆，震炫全球！2005所有的光，所有的电，所有的传奇只为她们而存在！

那么到底是什么让这两个刚刚超过二十岁的女孩子成为全球瞩目的焦点呢？秘密只有一个她们的爱情故事是所有少男少女的梦想！

《惹我你就跑不了》、《初恋之吻》、《单眼皮的鱼》和《劣班男生》2005才刚推出，Fans团就迅速诞生成立和成长起来，那种速度只能用"霹雳电闪"来形容。而迅速成长起来的"哈妮族"则更是有反超走在时尚尖端的"哈韩族"的趋势，那么这两族代表最青春潮流的人马，到底谁才是潮流，到底谁才是时尚呢，这个只有用实力才能证明。

现在，"哈妮族"们有福啦，为了进一步跟大家交流沟通，一个用自己的声音扮演自己喜欢的小说人物的活动开始了！

你，
可以不必就著天仙，
可以不用聪慧机灵，
但是你必须有你的少女梦想和清澈动人的笑声；

你，
可以不用玉树临风，
也不必风流倜傥家财万贯，
但是你必须有温柔的声音和热血的男儿激情。

你可以什么都没有，但你必须牢记
你才是唯一的神话！
"哈妮族"火并"哈韩"Fans
谁是宇宙谁是星球，
用实力说话，
看我们"哈妮族"如何"先声夺人"！

Add of HaNi
哈妮族全球大本营
广州市海珠区东晓横街162号（东晓花园）1502室

梦想总是美丽的，但在现实面前总会褪色；

有些痛苦是需要忘记的，但想起来的时候会很快乐。

你忘不了她（他），这是真的，

就算痛也要牵她（他）的手，

就算失败也要流着眼泪坦白。

故事里的人其实不是别人，就是你，就是你身边熟悉的

人。故事也不是别人的故事，说的就是你的精彩，你的

青春。小妮和妮子，两个跟你一样普通可爱的女孩子，她

们就在你的身边，所以她们愿意写你的故事，为你的精彩而

喝彩。

用你的声音来表述你的故事你的特色吧，这本来就是你的，现

在，你需要让别人知道你！请录制自己为小妮或妮子的作品中，

你最喜欢角色的配音，并且选择一个场景桥段进行演绎，然后请把

你精心制作的声音寄给我们，如果我们可爱的小妮和妮子最后决定

请你来代言她的作品，那么你可以获得的可就不仅仅只是我们送出的

小礼品了哦。

我们真诚地祈求，幸福和快乐将永远伴随着你。

小妮　　　　　妮子

면등던 남학생

카츠 믄쇼